欢迎进入"不思议"世界。

这是一个存在于二次元与三次元缝隙之中的世界，翻开这本书的你，已经成为了传说中的天选之子，拥有了进入这个世界的通行证。

这里充满了**"不可能的故事"**，还生活了一群创造**"不可能的人"**。我们的宗旨是打破想象的壁垒，穿越现实与幻想的次元壁，为你们带来各种意想不到的神奇故事。

本期主题——主角游戏，

看似平平无奇，仔细一想，

都是主角，游戏怎么玩？

这就是本书的反套路之处了！翻开后面的内容，你将会获得答案。

值得一提的是，在这本书里，你除了能跟随 10 个身份各异的主角一起，感受他们的"开挂"之路，还可以看到各种好笑、好玩的设计和非常灵性的文字表达。

希望看完这本书的你，不仅能享受阅读，也能从中找到另一面的自己。冒险即将开始，一起出发吧！

目录

CONTENTS

OMNISCIENT

全知读者

欢迎来到"不思议直播间",第一期我们的闲聊主题是"全知读者"!

什么是全知读者呢?他们,是完整看过某一本书,对书里的一切人物和剧情发展都了如指掌的、开挂般的存在。

那么问题来了:**如果你有机会穿越进一本书,你会利用你的全知读者视角做些什么?**

▶ ‖ ◀

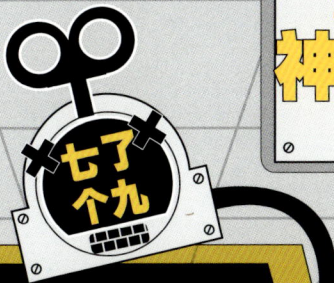

七了个九

一个多次尝试发刀，
最后被叫小甜饼作者的码字机。
代表作《天道早已看穿一切》。

中二少女当然要穿进《哈利波特》里！

我先去趟伏地魔家墓地，挪走他父亲的墓，放入我家族中家养小精灵的一条腿骨。

在哈利入学的第一学年替他搞定三圣器。

火焰杯前夕对学长施展"昏昏倒地"咒语，让他错过这次大赛。

在伏地魔利用家养精灵腿骨复活的那一刻，带着邓布利多从天而降！

从此，伏地魔迫于精灵腿骨的强烈反应，不得不听我号令。

我将家养伏地魔精灵转送给邓布利多，借由此时的巨大影响力，投身魔法研究。

同时，我会帮助解决魔法世界就业难的问题，鼓励霍格沃茨应届毕业生到麻瓜世界学习工作。

给魔法部的老古董们一人配一把枪，免得魔杖掉了就沦为废柴。

做完这些，魔法世界和麻瓜世界的相容性一定很高了！

我最后还要发明一道自动写作业咒语，

列为禁咒，只在霍格沃茨毕业班的最后一节课上教他们。

然后欣赏他们从兴奋到崩溃最后无语的表情！

伏地魔：？？？阿瓦达索命警告！

知名网友（我）：

迷野

如果我穿越到《盗墓笔记》里，我就要率先买走黑金古刀，借此机会和张起灵认识，并求得一张签名合照。

等吴邪从秦岭神树回来之后拿着签名照去碰瓷，打入内部，让王盟给我当销售助理。

在张起灵去守青铜门后，我一定要问问吴老板"终极"到底是什么？

等"天真邪"黑化成沙海邪帝的时候，和王盟一起陪着他完成他所有的计划，再去青铜门那儿接张起灵回家。

嗯，主要是接张起灵回家。

张起灵：我反对。

知名网友（我）：

读清

最近刚抓到的新作者，暂时还没有代表作，很快就有了。

假如穿进《红楼梦》，我就去当山贼。后续发展如下：

却说那黛玉，身体方愈，本不忍心弃父而走，无奈林如海劝说，兼之外祖母致意务去，泪眼涟涟拜别了父亲，登舟而去。

行程过半，已快到岸，忽然黑云压境狂风乍起，一伙山贼趁乱将黛玉劫走，登上一艘快船，往南方山头驶去。

黛玉心知性命无多，不禁泪下，泪眼朦胧中望见一名女子推门而入，手拿笔墨纸砚，道："妹妹几岁了？可曾写过书？现想要什么本子？在这里不要想家，喜欢什么 cp，只管告诉我，读了 BE 心情不好了，也只管告诉我。"

林黛玉："？"

黛玉受了惊吓，自此潜心读书，奋发写文，文笔清新优美，情感幽微曲折。兼之有神秘女子动手翻译成英文，不久便将本子远销海外，成为一代言情小说大家。

贾宝玉：这个太太的文我曾读过。

知名网友（我）：

游鱼

如果要穿书，必须要去给总裁大人做替身小情人啊。

当他把一万亿的黑卡甩在我脸上，让我老实本分地做替身，不要妄想得到他的爱情时，我说好好好，我是人间第一名的乖巧。

等到总裁的白月光回来了，他们卿卿我我企图对我这个单身狗造成伤害，此时天降金光，冒出来个英俊多金的体贴男二对我倍加呵护，本来不屑一顾的总裁忽然就醋了，白月光忽然就变成饭粘子了，他的心在呐喊：哇，这个替身女孩怎么这么天真可爱不做作，我好像对她有一点点心动哦。

等他心旌摇曳想要脚踏两条船企图勾着我的下巴说女人你在玩火的时候，我已经挖空他的家产和帅哥一起私奔到了喜马拉雅看雪山，顺带烧掉了他的蚂蚁森林，没错，我才是恶毒的心机女二。

支付宝：srds，我蚂蚁森林又做错了什么？

知名网友（我）：

想像打卡攒成就一样尝试各种写作题材的贪心作者，代表作还在路上。

想穿越进修真书里，主要是因为活得长，养生。但是想要活得久，很多事情不能做，主角的对家、本家同龄人、亲近的长辈等都是高危职业（尤其是师尊）。

但是穿书嘛，做的是个情报生意。仙侠世界，动不动就战火燎原的，我要利用我对于剧情的熟悉程度，炒房。

哪里要发生仙魔大战了，手里的房源出掉啊，隔壁山头置房产啊。主角五十章后要新建门派了，在他们门派山下置房产啊。到时候将"仙人指路""紫气东来"这些景点名号打出去，建立仙山门下 5A 级风景区，仙气恒久远，触之永流传，造福祖孙数代。广告好好打，数钱数到手软。

到时候等算算时间，主角主剧情打穿了，声名远扬了，提前在主角家隔壁的山头住下，搞好邻里关系，卖点儿主角生活一日游观赏票，为主角和师尊的爱情鼓鼓掌，成为修真界第一包租婆。

好香啊。

师尊：多少钱，带带我，我也不想谈恋爱了。

知名网友（我）：

苏玛丽在线
更新玛丽苏

玛丽苏文资深学者，代表作《套路我，没结果》。

穿进宅斗文。

先利用我的上帝视角搞定宅子里手握重权的当家人物，接下来就大肆推广麻将、斗地主、广场舞、聊八卦等有益放松身心的活动，丰富老一辈的娱乐生活，增加小一辈的闲聊话题，化干戈为打牌，止宅斗为八卦。

可以想象此后宅子里将是多么和谐而正能量的画面："老爷！三房和四房的夫人为谁家的小姐入宫选秀吵起来了！"

"然后呢？"

"然后她们去了棋牌室说要一决高下，刚刚联手赢了十把隔壁王夫人的地主，现在和好如初笑靥如花，说谁家的孩子去都是为咱家谋福祉！"

老爷：？

知名网友（我）：

孟尔德德

白日梦想家，小段子代言人，代表作《网文界在逃写手和皇子界在逃男主》。

老鼠吱吱

每天和编辑斗智斗勇的万年鸽子精，代表作《火车惊魂》。

如果我穿越进《山海经》，作为手拿攻略的绝对主角，我肯定要带个铁锅，从南山吃到北山，从东山炖到西山，用毕方当打火机，请英招吃成都火锅，一顿不成再来一顿。然后养一只"喵喵"叫的天狗，带着去大荒溜达，给夸父追日搞直播，大喊"支持的老铁请双击六六六"，帮太子长琴卖音乐版权，最后住在沃野，告诉人们哪座山有什么药物，大家一起过上快快乐乐逛吃逛吃的生活。

我想要穿越到首页各种流量广告文中。

第一章，我目睹了王爷无消毒无麻醉取公主双肾；

第二章，我记录了夫人诞下七个葫芦娃……不！七个宝宝！

第三章，我将在暴雨夜的火葬场里看流水线上生产的女主骨灰盒，并看着男主们排着队痛彻心扉心如死灰地轮流将它们领走；

到了第四章，我的《人类迷惑行为大赏》就全部写完了，我转身离开，嘴角有一抹赘婿文主角 90 度的微笑。

吃瓜群众： 人间有真情，人间有真爱，我给主播送个保温盖！

人类迷惑行为大赏 bot： 谁在 cue 我？

知名网友（我）：

知名网友（我）：

汤圆喵喵嗷嗷

我要穿进《西游记》里当观音菩萨，需要上班的时候去把泼猴骂一顿，不走剧情的时候自己在南海浪。

是汤承哦

穿到数学书上当小明，迫害小朋友。

华华华熹微

穿进《盗墓笔记》成为白昊天😈近距离接触偶像并且没有生命危险，还可以参加铁三角黑瞎子小花少年组等等一系列人都在的饭局。

山崎冬菇 -

穿进《微微一笑很倾城》当贝微微！！！又美三观又正男朋友又帅，谁不羡慕！

清船 sama

我要穿进《了不起的盖茨比》，阻止盖茨比的痴心妄想，那个女人终究不值得他这样。

柠檬围药着我

《七侠五义》！《七侠五义》！白玉堂身边的任何一个人都行，我想陪这个狗男人。

萝卜做梦在吃鸡

《狁记斐然》的谁都好，反正我的季大人一定要长命百岁啊！

今天浪完明天就挂

穿进《哈利波特》当麦格教授，围观剧情。

松花酿杏酒

《天才基本法》！我要当裴之！我太梦想数学好了！

看完以上太太和网友们的分享，你的哔哔之魂是不是也隐藏不住了？那就回到直播间的第一页，拿起笔来写下属于你（知名网友）的机智回复吧！

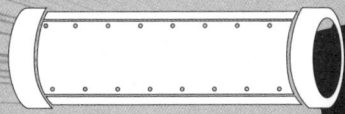

1

大家经常会在网上评论：我有一个朋友，他因车祸重伤躺在ICU抢救，在战乱地区义务支援却被人捅了十六刀，顽强坚守岗位却误食毒菌子洗了七次胃，回到工地搬砖每天长达二十个小时，他想看看……

2

——你睁开眼睛，发现自己就是这个"朋友"。因为评论类似消息的人太多，"无中生友"的事发生了，你从网络数据里被创造了出来。

正在陌生的三次元世界走神的你，还没搞清楚状况，就被迎面而来的一辆卡车直接撞飞。

你在车祸中受了重伤，不治身亡。但是没关系，你不是"人"，你还有第二次机会。再一次来到这个险恶的三次元世界后，你知道那辆卡车一定会向你冲来，所以毫不犹豫地往旁边躲避。

!!?

3

——此时，你的命运再次走向了一个分叉口。

左边是正在施工的地下管道工程

A ──○ 跳转【4】

右边是悬崖

B ──○ 跳转【5】

4

你从窨井口掉了下去，开启了地下城副本……

下水道里……

好黑啊，好黑啊，好黑啊……

用手机打个光看看……

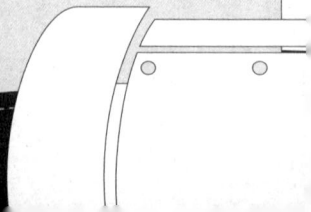

在下水道尽头，有一扇被尘封的铁门。

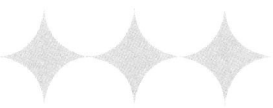

一个最令你激动的东西。

打开这扇门，你将会看见

奥林匹克数学竞赛历年附加题详解

应用机械物理学

普林斯顿医学英语

建筑力学及材料科学

五年高考三年模拟

费曼猜想

你感受到一股杀气从门后渗透出来，在看清门后的事物后，你立刻把这扇门永远封死，然后沿着地窖爬了出来。这时候，你的人生线发生了变化——头上的高速公路变成了一个黑漆漆的密室。

那群"无中生友"的人把你的人生改成：我有一个朋友，他每天做十套《黄冈密卷》、二十套《五年高考三年模拟》，背两百个英语单词，默写八十首古诗词，上课鼓起勇气决定偷玩一次手机，被从后窗偷窥的班主任吓到猝死，他想看看……

——看你妹啊！看什么啊！

你怒从心中起，决定看个究竟，到底是什么玩意儿让这群"无中生友"的人天天吵着要看！

密室的桌上摆着五本书，分别是……

《奥林匹克数学竞赛历年附加题详解╳应用机械物理学╳普林斯顿医学英语╳建筑力学及材料科学╳费曼猜想》。

面前这片知识的海洋真是令人向往啊！从哪本开始看起呢……

你拿起了第一本书，就在此时，密室两侧的墙壁开始隆隆作响，竟然从两边向中间挤压了！

糟了，一定要找到让它停止的方法，要不然你就要在五分钟后变成纸片人了！

——桌上有个密码器，看来只有输入正确的密码才能让它停下来……密码上还有两个提示……

⊸提示 1：

$$n\left[\frac{1}{n^2+n\pi}+\frac{1}{n^2+n\pi}+\cdots+\frac{1}{n^2+n\pi}\right]$$

$$<n\left[\frac{1}{n^2+\pi}+\frac{1}{n^2+2\pi}+\cdots+\frac{1}{n^2+n\pi}\right]<n\left[\frac{1}{n^2}+\frac{1}{n^2}+\cdots+\right.$$

$$\lim_{n\to\infty}n\left[\frac{1}{n^2}+\frac{1}{n^2}+\cdots+\frac{1}{n^2}\right]=\lim_{n\to\infty}\frac{n^2}{n^2}=\ ?$$

……要是实在做不出这道题,
就去【最开始的地方】,寻找答案吧。
祝你成功!

只要能逃出密室,你就彻底摆脱了"无中生友"的命运!

⑤

跳崖不死!你呐喊着躲向右边,坠下悬崖。很可惜,你虽大难不死却高位截瘫。你躺在病床上生无可恋,心想着要是死了还能读档重来,可瘫痪在床怕不是直接陷入游戏死局……
这时,脑中突然响起了一个神秘的声音。

"解决问题的关键,就在这张白纸上……"

——白纸?这里,为什么会有一张白纸?!
一张什么都没有的纸,上面到底隐藏了什么秘密?
你对着这张白纸百思不得其解。

一
张
白
纸

——朝向光明，见证奇迹。

6

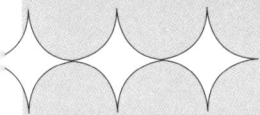

正当你感到困惑的时候，门口传来查房护士的惊呼声——她惊讶地发现你这位高位截瘫的病人苏醒过来了，竟然还身残志坚，伸直双臂，高举一张白纸对着灯光看！

这简直是医学上的奇迹！

护士激动地喊来了医生，大家围绕着你展开讨论，试图探索你身体的奇妙之处，医生们求知若渴的神情仿佛一头头围着绵羊的狼一样饥渴。

痊愈出院的你，被视为生命的奇迹，送往战乱地区巡回展出，给那里的人们带来正能量。

展出第二天你就被人捅了。

再度被抢救成功！你的生命值供给源源不绝，来自于那些在微博上"无中生友"的人。

高位截瘫康复及被捅后幸存的你顿时成了祥瑞般的希望象征，让战乱地区的人们心里燃起熊熊烈火，脑中奏响《希望之花》。饱受战火摧残的他们将你奉为精神领袖，如果一切顺利，你这辈子都不用打工了！

当地部落尊迎你为族长，尽管物资缺乏，但原住民们每天都会采摘纯天然无污染的新鲜食材供奉你。直到有一天，他们端来了一锅蘑菇……

知晓剧情的你顿时明白，这锅蘑菇有毒，但是……

你觉得洗胃七遍，你雄壮的身躯应该扛得住。

洗七遍是洗，洗七十遍也是洗，我给诸位老铁表演一个一口闷！！！

7

不知道是出于什么心态，你一口气吃下了一大锅毒蘑菇。吃完后，你感觉到有些恍惚，眼前的世界好像出现了一道爆裂的烟花，噼里啪啦……

因为服食巨量毒蘑菇，你的体质也发生了异变，你成了"蘑菇侠"，获得了以下特异功能：

一，做事情特别磨叽；

二，下雨天的时候在路边蹲下，看起来会很像一个香菇。

经历了人生大起大落的你，试着在路边蹲着，决定作为一颗蘑菇了此残生。

蹲一会儿就起来吧？可是你的异能一号发动了，一直磨叽着，不想起来……

——起来吧？待会儿再起来吧……起来吧？蹲了那么久了再过一会儿起来吧……

你作为一颗惊现在街角的蘑菇登上了报纸头条——《马路惊现一米高的人蹲型蘑菇，生物学家展开调查》。考虑到巨型蘑菇的营养价值和可食用性，官方决定将你送往国外战乱地区展示,引入这种巨型可食用菌,解决战乱地区百姓的温饱问题,发扬国际人道主义精神。

而你,虽然脑子想着要起来跑路,但身体却一直拖延,一直拖延……

⑧

在历经漫长的拖延后,你终于站了起来,特异功能随之失效,你被火速送往医院再度进行检查,经历七次洗胃之后,你看破红尘——要是选不吃,估计也就是触怒原住民,被驱逐出境而已,何必多此一举洗七次胃啊……

你回国了。总之先去找一份工作吧。根据剧情,你每天要搬砖二十个小时,这样的人生也太现实了……

咨询一下你的创造者们,你还有没有其他的人生路可选吧。凭借你的才华、相貌和文凭,你明明可以找更体面的工作啊!

你打开微信,给公众号:【wnaodongjun】发送了"求职"。

你相信你的创造者们一定会给你满意的答复吧……

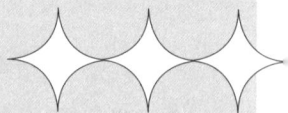

NEW MESSAGE "

你回来啦?

你觉得你与他的差距在哪里?

你默默放下手机,看向身边的工地。莫非你的人生就要这样埋没在红砖之下了吗?

忽然,你发现路边有一本书在黑暗中微微发着光。反正也要练习搬砖,你把书从地上捡起来,翻开……

GIVE ME A BOOK "

秘籍

★★★
又有了一点点新变……
看着样子想要一展
大有所为之势……

有人拍了拍你的肩，把你从睡梦中唤醒了。

"——你睡午觉就睡午觉，为什么要抱着本书蹲在桌子底下啊？"

开网课了

师尊，

「LET'S GO DARK！」

点关注，不迷路，
本座带你上高速！

文 / 云不凡

ABOUT THE AUTHOR

妖精审查部专员，

　　千年以上可以成精，

　　请符合条件者尽快到本人办公室
办理成精手续。

云不凡

·⟨01⟩·

　　我是一名师尊。

　　不要觉得我口吻傲慢，容我解释一下：师尊本是一个朴实无华的教育职业，但是随着近几年修仙界弟子入魔率的增长，这朴实的职业逐渐变成了高危职业。

　　听说以前师尊的福利还挺多的，这两年都取消了，据说是因为这些福利很容易增长徒弟的入魔率。

　　烟花不能看，就怕师尊比烟花更好看。

　　酒也不能轻易喝，喝完就不清醒，不清醒入魔率就会增高。总之今年更过分，修仙总工会只给每位师尊发了两卷铺盖和枕头，说万一弟子入魔了……啥也做不了，起码还能睡个舒服觉。

" 听听，这还是人话吗？

OS："

◇·02·◇

不过这个问题已经引起了修仙界大佬们的重视。

去年修仙巡视组巡视了各地的修仙情况，统计了具体的入魔弟子和被荼毒师尊的名单，最后经过几轮研讨，终于做出了一个重大决定——取消小课授学，大力投入云课堂，能不见面就不见面。

简而言之，本师尊要开网课了。

◇·03·◇

我自幼修仙，学风端正，学术基础扎实，修仙之术偶有小得，也算在本行小有名气。

但第一次开网课，想想还有点小激动。

授课前的几个晚上，我拿着我的红尘镜测信号和调光。

红尘镜问："仙君打算开美颜吗？"

我说："不能开美颜，万一以后真见着了弟子，弟子觉得我没有美颜中的好看，入魔了怎么办？"

红尘镜说："那不开吧。"

我赶紧说："那也不行，我凤表龙姿，气宇不凡，万一弟子觉得现实中的我好看，当场入魔怎么办？"

红尘镜又说："要不给你开个鬼脸吧。"

我说："那万一我哪日下山，与人结交，那人恰好是我弟子，发现我一直以丑示人，刻意隐瞒，连收徒都无法做到诚以待人，他们会怎么看我？届时他们一定会入魔。"

红尘镜说："仙君你屁事儿真多，就这么一会儿，要不是我是个镜子，我都想入魔了。"

我当场就往镜子上滋了一瓶肥皂水。

擦不死你。

◇·04·◇

我和这破镜子掰扯了一夜，最后打算取个折中方案。

我直接把修仙讲义做成课件播放，我在镜子后面讲解就完事儿了，不用露脸。

做这个课件可费了老劲了，听说隔壁白沧川的洛仙君也在做课件，我深夜向他传讯请教方法。

洛仙君很快回复说，他的课件丢给金山上一种叫作"程序猿"的神兽帮做了。

我第二日就御剑飞到金山，这里的程序猿是真的很多。

两岸猿声啼不住，轻舟已过万重山。

我落在仙府之外，一只程序猿人模人样地走了上来，手一摊："仙长，一个模板十五两，年费二百两随便用，可以代做，价格单算。"

我气得差点从剑上晕厥过去。

洛仙君你怎么没提这茬啊？

好在本仙君也算是修仙根基深稳，镇定了一下，装作波澜不惊的模样："能开发票吗？"

小程序猿一秒钟都没有犹豫："多算十五个税点，可开办公用品。"

一开口就是老江湖了。

我咬牙付了钱，隔天就拿着票去报销了。

我们修仙界也是有会计仙师的，他们都生活在彩雾山，彩雾山终年仙雾缭绕，远远就能闻见一股铜香味儿。这里的仙师行踪不定，常常四海云游，十次有九次云游是去别的仙山鬼府做审计，还有一次是提前下班封山。

这次我赶上了下班点，总算抓着了个会计仙师。

仙师颀长的两指拎着薄薄的一张票："异地不可报销。"

本仙君今天就踏平你们彩雾山的山头！

· ⟨05⟩ ·

那是不可能的。

今年云课堂的劳务费据说还得走彩雾山的账，钱在人手里，不得不低头。

我灰溜溜地跑回了自己的小庐，生了半天的闷气。每次生闷气的时候，就会想起我的师尊。

师尊说我少年老成，木木呆呆，像块石头。看着好欺负，脾气却不小，冷不丁的磕一下还是会疼的。

说来有些唏嘘，我也是做过别人弟子的，我师尊是个顶顶好看的美人，当年我怎么就一心沉迷学习不做他想，从来就没有入过魔？

我和他同进同出十八年，过往种种可以概括为一句话：师尊，请教我修仙。

·⟨06⟩·

如今世道真是变了，现在的徒弟，心理也忒不健康。

一没看着就入魔，动不动就用各种稀奇古怪的方式囚禁师尊。

我也曾经作为修仙界谈判使去找过被入魔弟子囚禁的师尊，但总被拒之门外。三番五次被拒之后，我也明白了，可能他们并不想见我。

·⟨07⟩·

在我们这儿修仙分五个一级学科，分别是剑修、毒修、禅修、乐修和器修，每个一级学科下分二十多个二级学科。

我修习的这一门药科主要是以炼丹制药为主，原是个不太出名的二级边缘学科，挂在毒修之下。但是我师尊的修仙能力真的太强了，光凭炼丹数十年就从筑基进了化神期这一点，就可称千古第一人，因此他主修的药科现在已经被调整成了一级学科。

我住的逍遥林，就是为我师尊特批下来的。

这里仙气充足，环境清幽，鸟兽繁多，着实是个炼丹的好地方。

想当初，我初出茅庐，便制成了一枚可以独步天下的解毒丸，吃下去神清气爽，易筋洗髓。

当时我师尊拿起这枚碧绿碧绿的丸子，问我："可起了名？"

我抓耳挠腮，想了半日有余，说："此药丸乃是由山林冬雪化成的清泉制作而成，那弟子就叫它——大清药丸。"

师尊点了点头说："这枚碧心丹通体圆润，药香隐隐，入口即化，有清新凝神之效，名副其实。"

我怕师尊弄错了："师尊，这药叫大清……"

师尊将药盒盖上，取来金笔在盒子上用仙术写下了"碧心丹"三个大字。

唉，我的师尊哪样都好，就是耳朵不太行。

如今我也是做师尊的人了，弟子们的话，我定要一字一句听得清清楚楚，为人师表，不能总是自说自话。

我头天晚上把红尘镜调试了许多遍，第二天心情忐忑地准备开课，见见我的弟子们。

三，二，一，开始。

"徒弟们，我是你们修仙丹药课的师尊，逍遥林之主言嶙，字夷玉。"

"叮叮叮"——如暴雨一般密集的提示音差点掀飞了我的药庐顶，无数的弹幕浮现在空中。

师尊我是影无渊的XX仙子，要记得我哟。♥ 2333

师尊扩列吗？♥ 6666

师尊，我有严重的抑郁症，请你给我的分数高一点

红尘镜颤了一下，镜面黑了。

我抓着红尘镜猛摇了摇。

难以置信。

我在我自己的网课上被卡出来了？

◆〈08〉◆

各家师尊都遇到了差不多的问题，也不知道修仙教改组怎么想的，每门课招了得有一千多人。

我当天晚上就直飞教改组，找了老大跟他撂挑子了。

我说这一千多人我教不了，结课都成问题，作业不得批个三五年？还有上来就套近乎的，是不是觉得我好欺负？

发完一通脾气，我有点后悔。

教改组老大论起辈分来，比我虚长不少，据说以鬼入道，历十重轮回，终而成圣，是个传奇般的人物。

好在他也算阅历丰富，论做人、修仙，都比我高明不少，见我气愤难平，赶紧给我倒了杯茶，让我体谅一下。

"这也是为了各位师尊考虑，人多肯定是修仙授学扁平化的最好方式，师尊上一堂课下来，多数的人脸人名都记不住的，更不要提偏袒谁了，这样就能最大限度地保证教育公平性，减少入魔率。"

教学效果虽然不敢保证，但师尊的命保住了呀！

·⟨09⟩·

我想想也确实是这么回事，便不再吭声，坐在一边生闷气。

教改组老大见安抚住了，立刻联系上了修仙炼器研发团队，要派发一面新的红尘镜给我——能同时容纳一千名弟子在线的那种，让我少安勿躁。

最后我们还是商定了一个解决办法——全员禁言

全员禁言中	
🎤　🖼　📷　GIF　☺　➕　⋯	

红尘镜改为单向输出，学生只听课，不连麦不回答，有问题就去聊天区匿名提问。

·⟨10⟩·

新的红尘镜终于到货了，我赶紧打开上线。因为弟子人数太多，头像排列在一起简直像一锅稀粥，确实谁都认不清。

我轻咳一声："这样吧，请各位同学按照'宗派＋姓名＋学号'的格式在群里备注一下。"

说完这句话我立刻开启全体禁言，改到匿名模式。

前五分钟课堂开展顺利。

突然聊天区蹦出来一个匿名问题："师尊，你的声音真好听，真人是不是和声音一样动人呢？"

我噎住了。

完了完了，这就来了！

我是答，还是不答？

我脑中开始疯狂搜索十万种应对方式。

僵持了将近一弹指的工夫。

我故作轻松地说："刚才我是不是又卡出去了，我是卡住了吧？没关系，那我重新讲。"

红尘镜静静地看我表演，终于趁我课间喝水的时候吐槽："师尊，你演技真的很差。"

我："闭嘴吧，你个破镜子，你懂个屁。"

·⟨11⟩·

网课上了两个星期。

我已经熟练掌握了用"沉默来装掉线""揉搓泡沫装信号不好"，还有"把一个字重复五遍来装卡顿"等诸多技能来回避弟子们奇奇怪怪的问题。

我也逐渐适应了这种不见面的修仙方式。

我对弟子们说，修仙是一个人的旅途。

听不到弟子的回音，看不到他们的表情，一节课从头讲到尾，都是我一个人自说自话。

他们是不是只开着一面镜子，自己去玩了呢？

我说："今天的课程就到这里，你们要好好复习哦……"

花了十五两银子，还不能报销，我在心里咬牙切齿地想。

没有人回答我，红尘镜的对面空空荡荡。

学生的头像一个一个暗了下去，直到没有人在线。

我看着红尘镜发愣。

红尘镜说："师尊，你讲得很好。"

变故出现在第六周。

这天我正在炼丹，我一边看着丹药的色泽，一边时而往里面扔一道符，时而添些草药。

突然我感觉到结界一动，有人闯林？

丹药正在成型关头，我也不做他想，我师尊曾设下句芒阵，够擅闯者吃一壶的。

然而就在我下符的最后一刹那，一道如杀猪般的号啕穿过我的耳膜：

言仙君快救我

……我……我……我

我手一抖，丹毁庐亡。

·〈13〉·

我强装镇定地解了阵，只见白沧川的洛仙君"嘤嘤嘤"地向我跑来。

我逍遥林依山傍水，这水就指的是白沧川。

我们做了数十年的邻居，他还穿兜裆裤的时候我们俩就认识。

我正准备生气，只见洛仙君将手里的筐子一提。

顿时我心头郁结之气烟消云散，笑意盈盈道："哎呀来就来嘛，怎么还带礼物。"

我边嘴上说着，边将那三筐大闸蟹从他手上卸了下来，然后跟他勾肩搭背："以后可不准这么干了啊。"

·〈14〉·

白沧川八百里水泽，物产丰富。

一方水土养一方人，洛仙君也烧得一手好菜。

白沧川这一脉是禅修派，平时什么都不用干，就往家里一坐思考人生哲学——想着想着，就顿悟了。

比起我等药修剑修真是省不少事。

我在清泉边支了小桌台，我俩啃着蟹脚，喝着小酒，觉得生活无比惬意。

我没忘了正事，问洛仙君："你怎么了？"

洛仙君打了个饱嗝，赶紧换上一副泪眼盈盈的表情。

"修仙教改组组长说了，我下个月得新开一门课叫修仙锻体术，这门课没法只讲课件，只能亲身上阵演示，还得带弟子一起做。"

我嗤笑："那你就做嘛，弟子还能隔着网线来找你？"

洛仙君急得脸色发红，磕磕巴巴道："我跟你解释不清，我这锻体术里有几套动作，十分引人入魔！"

我指了旁边一处空地，让他做给我看看。

洛仙君当即给我做了个下犬式。

我沉默了。

·⟨15⟩·

我问洛仙君："那这事儿你找我干吗？"

洛仙君说："我来找你撸铁。"

洛仙君的策略是这样的，听说入魔的弟子，就偏爱那些眉如墨画、弱柳扶风的师尊，只要他在短时间内练出一身腱子肉，待到上网课时，弟子若想入魔，也要先看看他的拳头答不答应！

不过他们白沧川吃得太好，撸铁效果不佳；我这里环境清幽，每日上山采药，自拉风箱，运动量足，不出一月保证变猛男。

洛仙君央我让他在这里住上两三个月，这期间采药炼丹、起火做饭，他都包了，我只管动动嘴皮子就好。

我仔细一琢磨：

> **挺好，赚了。**
> OS:

·⟨16⟩·

从此，我和洛仙君过上了一起撸铁的日子。

只不过他日渐消瘦，我日渐丰腴。

洛仙君开课头天晚上，满意地看着自己的肱二头肌，高兴地多吃了三大碗饭。

第二天我被洛仙君的大嗓门吵醒了，一开门他正在上网课。

我也是第一次见识他上网课，跟我那种 PPT 干讲式完全不一样。

他一袭黑衣疾风劲装，面庞棱角分明，下颌线锋利得和墙角一般，胸肌鼓起，六块腹肌若隐若现。

他低声一喝："各位弟子，请跟着师尊做，开合跳三十次，再坚持一下！身体就是禅修的本钱！不许偷懒，双腿分开，开，合，开，合！"

这网课上得十分热闹，我看着洛仙君上蹿下跳，摸着自己肚子上长的肉，也蠢蠢欲动。

我想，横竖多节体育课，不如也跟着在旁边练练。

于是我也跟着洛仙君动了起来。

"来各位弟子，我们来最后一节拉伸，这个动作有点难度，大家看师尊做。什么？看不清？那师尊给大家横个屏啊！"

洛仙君念了一句咒语把红尘镜横了过来，刚好把我录了进去。

我头朝下，屁股朝上，趴在一片翠绿的青草地上，正懒洋洋地打着哈欠。

完了。

·⟨17⟩·

我把自己关在小药庐里，洛仙君怎么敲门我都不应。

月上柳梢头，我偷摸出门。

"咣当"一声，我踩到了门边的碗，撒了一地的红烧肉。

我心疼了好一阵，今年粮肉福利早没了，这年头猪肉又贵，逍遥林光靠制药营收利薄，真让人头大。

"你想吃我再给你做一碗嘛。"洛仙君不知何时从边上冒出来。

我顿时破口大骂："洛狗，你没有心！你拿我当什么了？万一有哪个弟子入魔了，杀上了逍遥林我怎么办？"

我一路骂骂咧咧，由着洛仙君拖着我到舞剑坪。

只见满地的飞剑丹炉乾坤袋，翼兽彩凤程序猿……

——等一下，怎么还有程序猿？

⟨18⟩

这是不是说明以后我不用再自己做 PPT 了？

我好感动。

可这些东西哪儿来的？

"刷礼物刷的。"洛仙君提着下摆在灵兽里抓了一阵，提了两只小香猪出来，"喏，吃这个？"

半个时辰后，我啃着油汪汪的猪蹄子，心中悲凉。

想我勤勤恳恳地教书育人，竟然还是靠出卖色相实现了猪肉自由。

或许是满地的法器迷了我的眼，或许是厚厚的猪油蒙了我的心，洛仙君开始动起歪脑筋的时候，我竟然也顺着他畅想了一下。

"教改组说没说过网课收礼物的事儿？"

"平时不让收礼，是怕我们偏袒送礼的学生。可现在都是云课堂，礼物都是匿名刷的，这是人气的证明，再说了，刷礼物不是为了提高课堂参与度吗，参与度可算考核的呀。"

洛仙君碰了我一下，挤眉弄眼道："你就偶尔出个镜，节奏我来带，礼物咱们对半分！"

猪脚筋在我嘴里滚了又滚。

我"哼"了一声，不置可否。

⟨19⟩

"大家想看言师尊吗，他正在采药，我们偷偷看一眼，想看言师尊的扣 1。各位弟子礼物可以刷起来了！法器走一走，师尊心里有；灵兽刷一刷，师尊带回家！"

洛仙君天天拿着红尘镜拍我，我只当没看见，也不说话，忙着自己的事情，浑然忘我。

我感觉炼药这事儿挺无聊的，不就蹲着看火吗，可弟子们还挺喜欢看。

我和洛仙君修仙云课堂的弟子越来越多，据说有好多毒宗剑宗的弟子都被吸引过来了。

他们没课的时候，就喜欢开着红尘镜看我采药、炼药。

唉，想来可笑。

我言夷玉，自打接管我师尊留下的逍遥林，做了药宗带头人以后，喝风饮露，日日修炼，不敢懈怠，学术耕耘十数年……

TEN YEARS LATER...

终成一代学习主播。

⟨20⟩

结果我和洛仙君没多久就被教改巡视组点名了。

我药修自打从毒修分家，成了一级学科，毒修那边就日日瞧我不顺眼。

这几日我在网上火了，他们那边有几个毒修的师尊也寻思着做 vlog。

但毕竟毒修日日和虫、蛊为伍，视觉上十分不雅，云课堂火不起来，礼物自然也是没多少的。

于是他们私下里吐槽我，说我故作小清新，把修仙搞成田园牧歌式生活，这并不符合现实主义精神。

对此我可生气了，你都修仙了，还讲现实主义？你咋飞升的时候不讲究个贴地飞行？

后来剑修那边也急眼了。

原因是有几个弟子每日扎马步，不堪受累，又看我直播觉得药修好学，嚷嚷着要转专业。

剑修自视高贵，专业从来只进不出，于是投诉我不务正业，带偏弟子。

这一下可好，惊动巡视组了。

· ㉑ ·

毒修先发制人，说我收弟子礼物。

洛仙君还是仗义的，赶紧把罪责担下来，说刷礼物这事儿我是不知情的，是他为了提高课堂活跃度才出此下策。

剑修那边还不依不饶，说我不配为师。

"不愧是红杏君教出来的，上梁不正下梁歪，师尊入了魔，我看弟子也快了。"

不提我师尊还好，提我师尊我眼睛都红了。我登时一脚端了桌子，骑在那剑修身上揍他。

场面一度十分混乱。

· ㉒ ·

我师尊已经走了数十年了。

师尊消失的原因，众说纷纭。

有人说他入魔了，有人说他隐世了。

不过他之前和剑修那边起过冲突，此事涉及剑修难以启齿的黑历史。听说是一位剑修师尊和其弟子双双入魔，被剑修宗门追杀，最后往我逍遥林来了。

那对剑修师徒到我师尊面前时，身上尽是血痕，狼狈不堪，看上去是受了好一番折磨。

剑修的师尊推开自己徒弟，浑然不顾徒弟拉扯，撩袍跪在我师尊脚下。

他说："红杏君，我知道你有去凹山的办法，你一定要帮我们。"

我师尊沉默不语，似有挣扎。

良久，我师尊说："讲讲你们的故事，我若听满意了，就放你们走。"

他们说故事的时候，师尊不让我听，把我赶到药庐去煎药。

我装作路过偷偷听了一耳朵。

故事没听见，只听见师尊的声音从屋里传出：好甜，好好磕。

他走的那日毫无征兆，只在他亲手栽种的红杏林里徘徊了一会儿，此后便在修仙界再无踪影。连带着那对剑修师徒也消失不见。

· 23 ·

几位师尊连拉带拽，费了好大工夫，才把我们分开。

教改组老大都疯了："你们这是干什么！哪里有为人师表的样子，都给我停课，整顿学风！"

于是接下来大家都停课了，教改组针对收礼物这事儿，好好彻查了一番。

不查还好，一查才发现，大家都收了礼物，只不过我这边的确是刷得多了点。

说到底，根本就不是刷礼物的事儿，只是同行之间没有朋友。

不过为了学术界的颜面，教改组还是没有把此事揭破，只是说以后不准刷礼物。

· 24 ·

我也想好好上课。

但往往事与愿违。

复课的第三周，我被停课了。

我被停课的前因后果很可笑，起因是我在 PPT 里插了一组人体图。

然而就在我播放这页的时候，红尘镜闪了闪。

我掉线了。

我以为是信号不好，于是再进，却又被踢了出来。

第三次进等了好久。

红尘镜突然说："师尊，你不能再上课了。你被投诉了。"

·㉕·

我都数不清楚是第几次御剑飞向教改组山头了。

教改组老大还没端出茶水，我就坐在地上开始打滚撒泼："你老实跟我讲，哪里有问题？你们是不是跟我药修过不去！"

教改组老大也觉得这事儿确实得议一议，就把所有人都叫来了。

连制作红尘镜的器修组也来了。

·㉖·

大家围成一圈看着那几套人体图，讨论得热火朝天。

有人说："药修需要了解人体是没有问题的，只是言师尊妙手丹青，画得栩栩如生，让人想入非非。"

我："人体不画清楚点，以后入错药、扎错针，你管死活？"

那人讪讪闭了嘴，又有其他人出主意："猪的生理结构和人的生理结构很像，不如替换了试试。"

我冷笑一声反问："那你受了伤找不找兽医看？"

我孤军奋战，舌战群雄，就是不松口。

最后器修组研究了许久，说红尘镜对不可说有一套算法判断，这套算法基本能屏蔽大多数邪祟之物，如果为了我这一门课给我开个先例，容易增加漏网之鱼。

我开始翻白眼。👀

如果我药修的课不得不因为这事儿给停了，药修弟子肯定会大量流失到其他学科里去。

教改组老大倒是也想到了这点，嘱咐器修组一定要想出一个办法来。

器修们商量到后半夜，终于给了一个方案，让我不要放人体全身图，拆分成局部来讲。

行，我忍。

·⟨27⟩·

然而真正的灾难还在后头。

当我讲到五脏生克之理，给弟子们演示脏器出血状况和急救措施的时候，我还没来得及开口就被踢出去了。

我一脸蒙地看着红尘镜："我又被举报了？"

红尘镜："对，你的课件涉及血腥暴力。"

·⟨28⟩·

这次还没等我飞去教改组，教改组老大已经亲自飞过来找我了。

我们俩一起研究了一下PPT。

我还是没明白我的课件到底哪儿血腥暴力了。

教改组老大沉吟了半晌，问："你这个PPT上，血是不是红的？"

我说："那不然呢？"

教改组老大一拍大腿："哎呀，这你都不知道，血是绿色的。"

我："啊？"

教改组老大细细解释，本来人的血是红色的。但是前一段时间，剑修那边开了一门自由对战课，叫什么刺激修罗堂。弟子们十分喜欢，觉得师尊们剑式华丽，尤其是战损的时候，偶尔被打出血来，还带有那么一点残酷的美。

于是弟子们开始私下约架，手上没轻没重，据说一下捅死了俩，捅死人的那个当场就被判入魔，计入诚信档案了。这件事给剑尊造成了很大的声誉影响，这门课也课改了。

高阶致死剑式统统取缔，连课名都改了，叫"和平祈福台"。

教改组老大补充说，课件里的血记得要用法术改成绿色的。

我心想，剑修的带头人也真是个狠人，这种屈辱也能忍。

他能忍，我不能。

药修的尊严其实也就指甲盖那么点大小。

为了能够让逍遥林支撑下去，很多事我都可以妥协，但有些事不能妥协。

血就是红的，人就是完整的。

谁都不能改。

·㉙·

我被停课了。

最重要的是，药修的弟子怎么办？人家交了学费来上课的，现在课停了，不少弟子还在嚷嚷着退学费。

这件事闹得整个修仙界都知道了。

谁都没有想到，一个小小药宗脾气还能如此刚硬。

·㉚·

洛仙君没有搬回白沧川，而是留在逍遥林陪我，每天陪我参禅，化解心中郁结。

那日，他和我坐在溪边遥看星河。

我突然心神一动，问他："这禅是怎么参的，不就是冥想？怎么想着想着还进境了？"

洛仙君摇摇扇子说："禅哪有那么好参，修仙六宗，各有各的苦。"

他说："剑修苦身，禅修苦心。有人困在心魔里一辈子，飞升不得，要么一夜白头，要么一夜脱发。"

我摸了摸茂密的头发，觉得十分庆幸。

我说："那你最近参的什么禅？"

洛仙君说："最近在翻修仙史，看到一本古籍上讲，曾经有一位大宗师，他的顽劣弟子入了魔，但是在他的调教下，竟改邪归正成了一代宗师。"

我大惊："入了魔的，还能扳回来？"

洛仙君一拍大腿："可不是，你看咱们这一天天防着弟子成魔，解决问题了吗？没有，弟子入魔率下降不了，如今课都教不成了。这样不行，得找出个办法来主动出击，防魔变教魔！"

我觉得这是个办法，急忙问怎么教。

洛仙君一脸难色："问题就在这儿啊，这本古籍是从仙网上淘回来的，好多章还被咒术锁了，不见全貌，不敢妄言。"

我灰心了。这不是等于没说吗?

洛仙君思索了一下："不过里面那位宗师有一句话我记得很清楚。"

什么?

他说："地狱太冷，我来训你。"

我细细把这句话咀嚼了一会儿："感觉这位宗师，好像对教学还挺执着的。"

我俩肃然起敬。

·⟨31⟩·

洛仙君说，他觉得诀窍一定就在这句话里。

想要搞懂其中门道，必须要引入一种西方魔法界的方法论——

"何为地狱，为何太冷，怎么来训?"

简单来说就是 What、Why 和 How 的问题。

我俩想了许久，百思不得其解。

就在这时，逍遥林的阵法又动了。

这次不一样，我感觉一股强劲的破坏力从边界蔓延，以迅雷不及掩耳之势奔袭而来。

我暗自揣测着敌手的路数，不住地念咒固化阵法。

一道绿芒从脚下扩散，地下结出的荆棘组成一堵厚实的墙。

河对岸寒鸦惊起，我低喝一声，向前一指，荆棘猛烈地向对岸拍去。

对岸沉寂了一瞬，紧接着我听到一声清越龙吟，还看到一道白色的光。

那光只亮了一瞬，仿佛是有人身登青云，将月亮揽回人间。

荆棘在我眼前炸裂，隔着漫天纷飞的树枝与枯叶，我看到一位年轻人。

他腰间别着一把黑黢黢的刀，踏波而来，走到我面前，摘下了我头上的草叶。

"师尊，我来找你拷 PPT。"

· ⟨32⟩ ·

我仔细打量这年轻人。

剑眉入鬓，目若寒星，是入魔的基本款。

我后背一凉。

眼前的师尊有两个。他找我，还是找洛仙君？

总之，死道友不死贫道！

我拿出了此生最好的演技，立时转身对洛仙君行跪拜大礼："师尊，我也想要PPT！"

洛仙君瞪我半晌，咬牙切齿道："言夷玉！你知不知道你在网上有多红，骗谁呢？"

· ⟨33⟩ ·

洛仙君真是个好人，这个时候都没有计较我出卖他的行径。

他拉着我猛退了十几步，指着那弟子。

洛仙君："说清楚，你是哪家的弟子，按宗派、姓名、学号的顺序报上来。"

那年轻人也不废话，很有章法地行了个礼："北溟殿，我姓烛，烛山。"

他用下巴指了指我。

"是言师尊的旁听弟子，没有学号。"

北溟来的，怪不得能御水。

这一族尊鲲为祖先，虽然也不知道是不是真的，反正他们天生水性好，一出生就能下海捉虾。

可连学号都没有，三更半夜闯阵就为了要PPT？

我心里冷笑，面上不显，和蔼地问道："你怎么找到逍遥林来了？我已经停课了呀。"

烛山一愣，好像对此事还不知情。

他摸了摸自己的乾坤袋，掏出一面初级版红尘镜："师尊，北溟基站少，网速差，听不到你的课，所以我亲自来听训。"

我好感动，再苦不能苦孩子，再穷不能穷教育。

北溟的情况我是知道一点的，这地方在冰川以北，全年有一半是极夜，称一声教育洼地也不为过，网课能普及到这个地方，我对教改也不是那么抵触了。

一个不远千里，靠着自己的双腿跋山涉水来听课的弟子，入不入魔我都要教！

很快，烛山在逍遥林住下了。

这弟子吃苦耐劳，动手能力也强，不出数日，已经可以用我的丹炉炼药了。

我怕他之前落下的课太多，就一节一节给他讲，他天资聪颖，学得也认真。

晚上洛仙君和我下棋。

洛仙君捻着一枚黑子问："你就没觉得，你这徒弟懂得太多，却不外显，似有藏锋，恐怕别有所图？"

我紧拧眉头："既然你觉得有问题，可我们都觉得没有问题，那么你觉得是你的问题，还是我们的问题？"

洛仙君陷入沉思，过了一会儿，他抚掌大笑，说："我忽然明白了。"

"明白什么了？"

"何为地狱。"

洛仙君落下黑子，将白子重重围困。

"他人即地狱。"

见我一头雾水，洛仙君给我解释：

"比如我看到你在河里洗澡。

"你不知道我在看你，你洗得很愉快。

"我知道你没有发现我，我看得也自得其乐。但这个时候如果我突然站出来，你就知道我看到了你，你会尴尬，我也会十分愧疚。

"我们在对方的目光审视下，都被套上了枷锁，变成了彼此的地狱。"

> **……你偷看我洗澡？**

> **这不是重点。**

我眯起双眼。

洛仙君面色如常地继续讲解：

"重点是，当你和烛山在一起的时候，你们自成一个世界。

"我在旁边看着你们，我也自成一个世界。

"我们两个世界本不该互相干扰。

"如果我用我的喜好和逻辑去约束你们，你们只会有两种结局。

"要么被我束缚，要么来反抗我。

"但无论如何，我们都不是原来自由的自己了。

"接下来就是无休止的相互审判，相互攻讦。

"天堂不再，地狱初现。"

我似乎懂了一些，进而怅然："那如何超脱地狱？"

洛仙君双目微阖，没答我话。

我等了半炷香没等到答案，仔细地看过去。

他竟然入定了？！

·⟨35⟩·

我第一次亲眼见禅修入定。

不吃不喝，刮风下雨，一动不动，仿佛灵与肉已分离。

我赶紧让烛山过来帮忙，给洛仙君搭个避身之所。

他抽出腰间那把刀，三两下砍了一堆竹子回来，给洛仙君搭了个小棚。

我瞧着烛山这把从不离身的刀，十分好奇。

烛山看出我求知的渴望，把刀解下来，拇指顶开了半寸刀鞘。

寒芒耀人眼，还透着一股冷气，就连桌上都开始结起了寒霜。

烛山立刻收了回去。

我问："这把刀有什么来头？"

烛山说："乃北溟千年寒冰所铸。"

"可有名字？"

"还没有。"

我正襟危坐："此物不凡，还需有个好名字，不如为师给你起一个。"

烛山淡淡地瞥了我一眼。

"师尊醒醒，该上课了。"

· ③⑥ ·

洛仙君入定的这段时间里，我和烛山就过着逍遥自得的田园生活。

我日日给他讲学，他帮我采药，炼丹。

不知不觉地，我都停课三个月了，还帮洛仙君也请了假。

那天我照例去看看洛仙君，突然发现他头发有点不对劲。

我凑近了看，心里一沉。

他的发根全白了。

我一整天都神色郁郁，晚上烛山见我吃不下饭，问我何故。

我将洛仙君与我之前的参禅之论说了一遍。

烛山想了一会儿："所以结论就是，我们永远活在别人的目光里，无论走到哪里，其实都是地狱，不能超脱。"

我唏嘘："活在不同世界里的人，如果能相互理解一下，地狱不就变成天堂了？"

烛山反问："不理解，又如何？"

"噼啪"一声，我赶紧朝洛仙君那边看过去。

原来不是他醒了，是他屁股下面的一根枯枝断了。

我的目光黯淡下来，放下筷子。

烛山忽然站起来，反手拔刀："师尊，请指点我刀术。"

也不等我推辞，他径自舞起刀来。

他的刀舞得行云流水，煞白的光芒铺下满地碎银，又仿佛雪满人间。

片刻后，我才惊觉，不是我的错觉，是真的下雪了。

一片雪花落在我的掌心，竟然不化。

不知何时，烛山已经归刀入鞘。

我鼓掌："真好看。"

烛山抬起手帮我拂去肩头的雪花："师尊也好看。"

嗞——有那味儿了。

烛山解下了自己的披风。

正当我犹豫要不要装作若无其事时，烛山转身过去把披风给洛仙君披上了。

我："……"

·⟨37⟩·

雪越下越大。

我温了一壶酒，靠在窗边有一搭没一搭地跟烛山聊天。

我问："你刀术这么好，为何还来学药？"

烛山抿着酒说："学刀杀人，学医救人，多门手艺多条路。"

我感慨我这弟子实诚。

想赚钱嘛，有什么不能说的。

酒过三巡，我俩也敞开了心扉。

烛山说，本来他从北溟一路跋涉来此地，是来揍我的。

他看我三天两头又是掉线，又是停课，以为我是个绣花枕头，不好好教课整天混日子。

我问："那怎么又不揍了呢？"

烛山说："初次见面，打了一场，发现师尊有点真本事。"

我听了十分舒坦。

我喝得有些猛，脑子有点晕，还没等我自己反应过来，就已经夸下海口。

我说："你把钱交了，我一定教好你，我今天就把家底教给你！"

·⟨38⟩·

我踢开房门，开始翻箱倒柜，把我之前炼的丹药一股脑地都翻了出来，像是个卖货郎一样，一件一件介绍过去，不出一会儿，烛山的怀里就满了。

我终于把屋子搬空了，一生所学，所有炼丹注解的笔记，都传给了烛山。

我拍着他的肩膀说："你啊，把这些东西拿回北溟，此后便是我逍遥林唯一的传人。"

烛山目光沉沉："师尊，我能不能不回去。"

我摆摆手："回去吧，好好练你的刀。"

我"哐当"一声坐在箱子上，两眼微红，号啕大哭。

学医救不了修仙界！

·⟨39⟩·

可能是我动作大了点，又或许是箱子太老。

我这一屁股坐下去，竟然把箱子坐塌了。

可箱底竟然不是地板，而是个洞。

我整个人直接陷在了洞里，尾椎骨疼得直抽抽，酒都醒了。

我骂骂咧咧，这谁挖的洞，想害死我！

我手忙脚乱地从洞里爬出来，转头想看看洞里都有什么东西，硌得我生疼。只见洞里是一堆木块。可这木块通体鎏金，一看就不是什么普通木头。

烛山眼尖，发现了木头上的两行古篆，缓缓念出：

凹山有路梯为径,学海无涯鼓歌行。

他话音刚落，那木头似是有灵，竟然自己拼搭起来，转眼间就长长了十几寸。

·⟨40⟩·

我师尊有件从不轻现人世的镇宗之宝。

他走的时候，我以为这法宝也被他带走了，却没想到他竟然以如此隐秘的方式留给了我。烛山问我："这是什么？"

我说："很重要的宝具。有了它就可以去更高的地方，看到更远的世界。"

"比北溟还远？"

我摇摇头："不一定比北溟还远。最远的距离，无法用步伐丈量。最远的地方，是近在咫尺，你却看不到。"

· 41 ·

我将镇宗之宝小心藏好，假装无事发生。

本以为我在逍遥林与世无争，便也能混一天算一天。

可世事偏不能如我所愿。

我私收了弟子这事儿，不知道怎么就传了出去。

原先我停了课，药修弟子们是以为我不再收徒，所以才该转的转、该休的休，如今我又私自收了一个，用严重一点的话来说，就是私下办学，偷开小课。

药修的弟子们当时就闹起来了。

几大宗全都炸了锅，整个教改组和几大学科的带头人，一起奔向我逍遥林来问罪了。

· 42 ·

早就憋着一口气的剑宗开腔了，指控我之前是故意不配合教改组。

这罪名安得毫无道理。

我拿出了教给烛山的PPT，义正词严地表示，我线上线下是一套教材。

没想到，这下更捅了马蜂窝——私授已经被打上了血腥暴力标签的教材。

这分明是打教改组的脸！

毒修那几位在旁边添油加醋，捻着自己那几根稀疏的胡子说："药修这一科太不像话，治学不严谨，办学不正规，当年就不该将它分出去。"

我"呸"了一声说："分明是我师尊修仙能力太强，你们这些学渣配不上他！"

教改组老大一抬手，几大宗终于住了口。

我本以为他是要为我说几句话。

可他没有。

他说："言仙君，你摘牌吧。"

我好似被冰水从头到脚浇了一遍。

·⟨43⟩·

摘牌不是停课，而是从此不可再授学。

这分明就是要绝了我药宗传承！

毒修幸灾乐祸，追着建议把逍遥林也收回去。

至于烛山，自然是取消学籍，打回一张白纸归入其他学科重读。

我送给他的PPT，要拿回教改组审查了再考虑重新编撰。

我头晕目眩，轻声问："你们要重编PPT？"

教改组老大说："那是自然。"

我问："那我画的图呢？"

教改组老大眉心一皱："阴邪之物，统统取缔，以正视听，以防弟子入魔！"

我指着烛山："你见他入魔了吗？"

烛山没什么表情，只是抱着那把黑黢黢的刀，不动如山。

教改组老大说："如今是白璧微瑕，需重新锤炼，便有大成。"

我又指我自己："那我呢，我入魔了吗？"

还没等老大开口，剑修已经嚷起来了。

"言嶙，你不过就是红杏君点化的一块破石头，还真当自己是个人物了？"

·⟨44⟩·

我想起来了。

他说的没错，我是女娲补天熔铸后剩下的一颗五彩神石。

师尊发现我时，我外皮焦黑，内里包着未烧尽的三昧真火。

他将我带回家，精心呵护，点化我成人，带我修仙。

这数十年来，我潜心修行，修得道骨仙风，不食人间烟火。

有时候，连我自己都差点忘记。

我原来心里有团烈火。

· ⟨45⟩ ·

我仰天大笑。

我问他们：

"谁才是魔，谁来定义魔？你们看谁都要入魔！

"我凿壁偷光，还要被你们泼一身脏水。

"到底谁是魔？"

被我点着鼻子的几个修士气歪了鼻子，不由分说就要来抢PPT。

突闻一声金石迸裂的巨响。

佛光乍现。

许久不曾有动静的洛仙君，竟然从竹棚里站了起来。

他掸了掸身上的枯草，满头银丝飞扬。

他说："我明白了。"

众人面面相觑："明白什么？"

洛仙君睁开眼睛，双眼有神，睿智而深邃："地狱超脱之法。"

· ⟨46⟩ ·

洛仙君张开手掌，一朵莲花在他掌心盛开：

"一花一世界，一木一浮生。

"可人与人的世界不能相互融合，还要以自己的标准去衡度别人的世界。

"手伸太长，便成了枷锁，有了枷锁才有了地狱。

"我曾想，如果人与人之间，相互理解，能不能解下枷锁，重回天堂。

"我想错了。

"何必强求理解，不理解，又能如何？

"不以自己的喜好去要求他人，不被他人的审视困束自己。

"自得其乐，来去由我，何处不天堂？

"所以超脱之法很简单。"

接着，他一字一顿道：

圈 地 自 萌

几位宗门的师尊一头雾水。

禅修就是这点不好，车轱辘话说一堆，其实没有人懂他的意思。

洛仙君也不着急。

他双掌一合，莲花散去，再一开，一道金光乍现。

他手里握着一根大棒，上面雕着莲纹，仙气隐隐。

这棒子非金非玉，只是一根破烂乌木棒。

可几位仙君竟不约而同地被吓退了几步。

·⟨47⟩·

禅修的祖师曾于洞府冥思三年三月，大彻大悟之后而羽化登仙。

留下的就是这根木棒，据说禅修弟子若是不开窍，就请出这根棒子当头打一棒，是为"棒喝"。

若是他门别派肆意寻衅，也可迎头暴打一顿。

可这请棒也有章程，自身境界不高，棒子也请不出来。

洛仙君曾叹息，禅修一脉人才没落，已有两百年没有人再请出这根棒子了，禅修也因此没少受欺负，没想到今日我竟然得见他请棒成功。

洛仙君执起那根大棒，指着众位仙君。

他说："是你们将仙界变为魔界，岂敢脸大如盆地评判别人是仙是魔？我知道你们既聋且瞎，这不打紧，今天我就来教你们。地狱太冷，我来训你！"

·⟨48⟩·

洛仙君左一棒，右一棒。

一口一个"管好你自己！""不该看的别瞎看"。

几位仙君抱头鼠窜。

教改组老大颤抖地指着洛仙君："反了，反了……我看你也入魔了！"

洛仙君突然对我大喝："愣着做什么，还不快走！"

一片混乱中，烛山牵住了我的手。

"师尊，带上宝具，跟我走。"

·⟨49⟩·

烛山可御水带我。

我问他："去哪里？"

他说："去凹山，去找师祖。"

我们在逍遥林的边界上正碰到彩雾山的会计仙师。

这还是会计仙师第一次登门来找我。

他说："言仙君，我这给你算笔账，本来一共一千两的课时费，可你左停一次课，右停一次课，这费用咱们再合计合计。"

我气得脸都直抽，问："你就只有这些话要说？"

会计仙师挠挠头："那不然呢？"

我冷笑一声，打开红尘镜，镜的另一头，是上千宗门弟子，我眼看着直播间里人越来越多，一个个头像亮了起来。

我大手一挥：

◎ 给钱的时候磨磨唧唧，扣钱的时候痛痛快快，
一共就一千两的课时费磨来磨去，本仙君不要了！

◎ 弟子们，礼物刷起来！

点关注，不迷路，本座带你上高速！

·⟨50⟩·

烛山带着我一路狂奔到老坟头。

老坟头的尽头再过去，就是凹山。

原本去凹山的路是通畅的，老坟头日日有去凹山的车。

可有一天，一条河冲垮了通道，去凹山的路就这么没了。

我站在河边，正想着如何过去。

教改组老大不知何时已经在我们身后："言仙君！迷途知返，为时未晚！"

我暗暗心惊，不愧是以鬼入圣的修仙界学阀，修为高强，可缩地成寸。

教改组老大痛心疾首，他指着凹山道："你知不知道那是什么地方，你看那山头都发黄，一定是魔头留下的污浊之物！"

我说："我不知道，老大，我要亲眼去看看。"

教改组老大一跺地，地面龟裂，无数怨鬼的手从缝中钻出要来拿我。

教改组老大指着我："你不要叫我老大，我没有名字的吗？"

·⟨51⟩·

我姓梅，叫梅响郝。

三百年前，我是生死涧化生的一条孤魂，原不配修仙。

可我不想待在那暗无天日的地方，我瞅准了机会，趁着孟婆不注意，去舔了一口锅沿。

锅子是烫的，烫到极处本应没有感觉。

可我分明记得是疼，这记忆跟了我十世，直到今天见到汤，我仍会害怕。

十世之中，我做过任人驱赶的畜生，做过不能言语的草木，做过冲锋陷阵的兵，还做过流离失所的难民，穷死过、累死过、饿死过、被人杀死过。

每一世我都活不过三十岁，我修不成仙。

我积了九世的阴德，才换来一世的安康，我用这一世的命，才修成了圣人。

在我之前，人人都说修仙要凭资质。

我不信，仙谁都可以修，你只要教，他们就能学。

你说为什么我要教改，我改的是千万人的命运！

如果没有我，你一块石头哪里有被点化的机缘。

如果没有我，他北溟的学子又如何接触到修仙？

我羡慕你们，你们有我没有的权利——选择的权利。

你们究竟还有什么不满足？

为何就不能修习正法，非要入魔？

· ⟨52⟩ ·

还没等我反驳，烛山突然"呵呵"笑了起来。

梅仙尊怒喝："你笑什么？"

烛山低下头，反手握刀。

"你给了我们修仙的权利，又剥夺了我们求知的权利。

"施也是你，夺也是你。

"这算哪门子的选择？"

烛山望着那些逼近的怨魂，刀光出鞘，雪漫千里。

他一刀便辟开了大地，清泉从地下溢出，白浪喷涌。

梅仙尊愣住了，我也愣住了。

我什么时候收了个这么厉害的弟子？

烛山甩了甩刀上的水珠。

"师尊，你记住，这把刀有名字。"

它的名字，叫"后浪"。

· ⟨53⟩ ·

梅仙尊和烛山战在一处，倒给了我机会。

我掏出威辟恩放在地上，低喝一声："起！"

威辟恩迎风长了数十寸，直入云端。

我登上宝具。

梅仙尊嘶吼："言嶙，你敢用威辟恩，你知不知道，这是要遭天劫的！"

我不听他劝，继续念咒。

梅仙尊还在我身后说："你师尊也是这样走的，再也回不来了，你若是用了也会遭此下场，你甘心吗？"

我咬牙道："我又如何甘心？

"可你一手织就天罗地网，防弟子入魔。

"你说这不能碰，那不能看，沾了都要入魔。

"照你的修法，修来修去，和泥塑的菩萨有什么区别？！"

一只虾从河里跳起来："不可以泥塑！"

我："……"

烛山："……"

梅仙尊："……"

我的宝具呢？

·⟨54⟩·

突然洪水滔天，泛起一股腥臭味，河水浪涛狂卷，转瞬间就漫到了我的脚下。

烛山提着那把名叫后浪的刀，踏在浪头，我朝烛山伸手，上一次，我让他回去，可这一次，我让他跟我走。

烛山却摇摇头。

我说："我过去之后，可就回不来了。"

烛山轻轻一推我。

他说："不要回来，等我过去。"

·⟨55⟩·

我抓住了宝具，只管向上爬。

上面只有雾，什么都看不到。

天边残云怒卷，雷电隐隐。

突然黑云中降下一道霹雷，把我的宝具劈着火了。

火势蔓延极快，我感觉后背灼烧得厉害。

宝具的另一头是什么，我没见过，或许是群玉山头，或许是万丈深渊。

我不管，横竖身后已无路，无论如何，我要冲出这片迷雾，看看这三千红尘之外的世界。

宝具越来越短，我还是看不到边，终于，我的脚下一空。

我闭上眼睛，向上一跃——

我十二三岁的时候，师尊曾带我去登过一座不知名的山。

他带我半夜摸黑出发，山路崎岖，鬼影幢幢，我不敢走。

师尊燃起一盏蓝色的灯，对我说，跟着光走，只管向上。

我迈开颤抖的双腿，跟上师尊。

天明时，我们到了山顶，霞光万丈，山河辽阔。

师尊提起灯，吹灭了灯里的蓝火。

他说："有光的地方，不需要灯。"

他还说了点别的什么，我没有太听进去。

我只顾着看他被霞光晕染出的薄红的侧脸。

师尊真好看。

后来他杳无音讯，午夜梦回时，我还会想起他。

再相见时，他会不会提着一盏蓝灯来见我？

我遁入虚空，身体轻飘飘地，似乎躺在一艘透明的小舟上，随着浪波荡漾。

我睡了过去，不知道过了多久，我的小舟停下了。

我睁开眼睛，眼前是陌生又熟悉的景象。

这不就是凹山吗？

凹山上满目都是黄色，可是这不是梅仙尊所说的污浊之物。

啊，好多的粮！！！ 这是粮 粮粮粮

有人喊我的名字，我定睛一看，这不是许久之前被入魔的

弟子拐走的诸位师尊吗?

我怎么觉得我眼花了,好几位师尊看着眼熟。

师尊们看我呆呆的样子纷纷笑了。

他们说,那是他们的化身。

在凹山的,才是他们自己。

身体完整,灵魂自由。

他们说生活在这里很好,纵然回不去红尘,也好过四处流浪。

忽然一阵清风拂过,风吹稻浪,掀起一股清香。

有一个熟悉的面庞从稻浪中显现。

我泪光泛起,呆呆地看着他。

师尊眉眼弯弯,从路边折下一枝红杏敲我的头,他笑意浓浓地对其他诸位师尊说:"见笑见笑,我这弟子,好像入魔了。"

Ɔ END

「A LITTLE LOACH」

是妖怪，只要能能带货就行了吧

『姓倪的话，我想要带你回家。』

文/烟二

ABOUT THE AUTHOR

被写文耽误的知名游戏博主。

别问了，
不会骑自行车。

新浪微博 @ 狐扯的烟二

◀ 01 ▶

那个降妖师闯进来的时候，我正在工作室筛选今晚的带货商品。

对，我就是倪小秋，那个当红女主播，我的直播间"千年等一回"平均每晚在线观看人数高达三千。

不要 diss 我说别的主播动辄有数百万粉丝捧场，我才区区几千粉就敢自称当红女主播！可能是我没有表述清楚，这三千个来看我直播的都不是人，而是货真价实的……妖怪。

和那些花样百出怂恿粉丝刷礼物的主播不同，我的强项是带货——专向不愿出门融入社会的各类宅妖推荐人类世界中的好货，比如，兽妖们需要的防脱洗发水啦，鲛人们需要的保湿身体乳啦，还有血族们需要的速食鸭血粉丝啦……

不是我吹，只要金主备货充足，三千妖怪在线，两千九百九十九个都会买我当天推荐的产品，还有一个，正在下单。

说起被降妖师盯上这事儿，我很恐慌。

"如今这世上人妖共存，像降妖师这种既不 peace 也不 love 的职业早就被时代所抛弃，转而去做地下生意了，你怎还敢明目张胆地私闯妖宅？再说，大街上那么多妖怪在溜达，为什么偏偏要抓我？"

我质问他。

男人沉默了许久，最后深深看了我一眼："姓倪的话，我想要带你回家。"

降妖师直接把我带进了雷猴塔，说这里就是他的家。

男人的嘴，骗妖的鬼。呵呵。

但是吧，我这个妖特别讲原则，我的原则就是——

「不和帅哥计较。」

鉴于我过于平静的表现，降妖师断定我没有逃跑的念头，很快和我摊了牌。他说这次把我抓……请来，其实是有金主想和我进行一次深度合作，问我是否愿意入住雷猴塔直播带货。签约期间不得私自外出，一百天合同期满立即结款。

因为金主是为数不多知道妖族存在的人类，只能找他这个降妖师来充当中间人，把我这位"带货女王"从冥冥众妖中揪出来，希望通过我的卖力吆喝，帮他打开妖族市场。

我算是听明白了，就是那种国外仙界很流行的把人弄到孤岛的别墅里生活三个月、远离社交生活的真人秀直播嘛！只是在咱们这个真人秀过程中，需要按金主的要求带货罢了……

「有创意，我喜欢。」

再瞅一眼塔内环境：独立卫浴、循环新风、千兆网络，下午茶消夜每天不重样，最重要的是还不用交房租——要是白娘娘当年赶上这样的住宿条件，这会儿估计还不愿腾出地方给我呢。

"不知金主爸爸是……"

"金海寺的一群和尚。"

"要带的货是……"

"木鱼、光头头套、素肉以及一些寺庙文创产品。"

"打扰了。"

"金主说了，报酬是一套湖景房。"降妖师瞥了我一眼，"拎包入住的那种。"

"说吧，什么时候签合同？"

◀ 03 ▶

我算了笔账，按目前栖湖地段的房价，我不吃不喝播十年也赚不到一套湖景房。签完合同的当天，我就兴致高涨地搬进了雷猴塔。

和我一起住进来的还有降妖师，除了照顾我这一百天的饮食起居，他还得暂时充当我的直播助理。当我质疑金主爸爸付了多少佣金才能令这位大佬跨界出工时，他主动承认自己的报酬也是一套湖景房，估计比我那套实用面积少点儿，要是在同一个小区，以后还能当邻居……

"一群和尚哪儿来那么多的湖景房？"

"听说是开发商征用了寺庙土地，资源置换来的。"

"那能说给就给？"

"广结房缘，了解一下。"

"行吧。"

> 没有什么困难是一套
> 湖景房不能解决的。

做我们这行，停播一天都有粉丝流失的危机，于是我决定马不停蹄地立刻开始工作。我在全网发了通稿，打出"当红妖女主播雷猴塔囚禁普雷"的标题吸睛。当晚，我的直播间在线观看妖数立刻翻了一倍。

在我的努力下，雷猴塔内的日常直播效果非常好。

毕竟，由于历史遗留问题，"和尚"和"妖怪"这两个群体一直处在微妙的敌对阵营，身为一只妖怪，难免会在夜深人静、内心空虚时产生"万一哪天被和尚收了，压在塔下怎么办？""食宿条件如何，有 Wi-Fi 吗？""出来以后还能不能重新做妖？"之类的联想，这时候，他们就会自然而然地跑来我的直播间排解寂寞，顺便，买点东西。

两周后，我的粉丝黏度不降反升，每天一堆大小妖怪眼巴巴地准点蹲直播。

我掐指一算，今日宜带货。

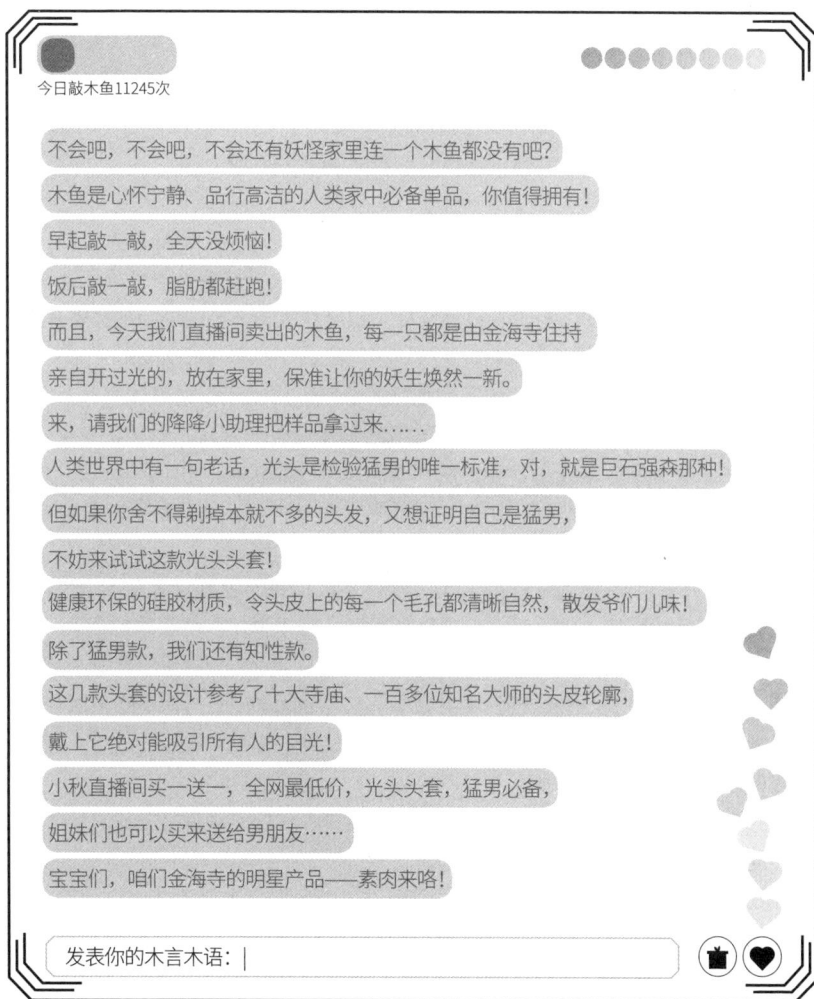

今日敲木鱼11245次

不会吧，不会吧，不会还有妖怪家里连一个木鱼都没有吧？

木鱼是心怀宁静、品行高洁的人类家中必备单品，你值得拥有！

早起敲一敲，全天没烦恼！

饭后敲一敲，脂肪都赶跑！

而且，今天我们直播间卖出的木鱼，每一只都是由金海寺住持

亲自开过光的，放在家里，保准让你的妖生焕然一新。

来，请我们的降降小助理把样品拿过来……

人类世界中有一句老话，光头是检验猛男的唯一标准，对，就是巨石强森那种！

但如果你舍不得剃掉本就不多的头发，又想证明自己是猛男，

不妨来试试这款光头头套！

健康环保的硅胶材质，令头皮上的每一个毛孔都清晰自然，散发爷们儿味！

除了猛男款，我们还有知性款。

这几款头套的设计参考了十大寺庙、一百多位知名大师的头皮轮廓，

戴上它绝对能吸引所有人的目光！

小秋直播间买一送一，全网最低价，光头头套，猛男必备，

姐妹们也可以买来送给男朋友……

宝宝们，咱们金海寺的明星产品——素肉来咯！

发表你的木言木语：|

首场直播结束，所有商品全部售罄。

◀ 04 ▶

鉴于第一个月的带货效果远超预期，金主那边很快又推出了新的产品。

那天，降妖师带着一位慈眉善目的中年男人来到雷猴塔，说金海寺第一百八十八任住持华海大师，亲自带了样品上门拜访。我心里直犯嘀咕，这法号听起来就像是搞数码 3C 产品的……

不过，不管是搞 3C 的还是搞 3D 的，只要给湖景房，就是咱金主。

我挂着营业性微笑迎上去："金主……华海大师。"

"不……不必多礼。"华海大师顿了顿，尴尬地擦着汗，"出门在外，称呼不必这么正式，倪小姐喊我华总就好。"

我赶紧请人坐下："我懂，我懂，寺院也得有 CEO 嘛。"

华海大师颇有深意地瞥了降妖师一眼，半晌才坐下。

金主这次到访，主要是希望我能在直播中推荐一下他们团队研发多年、尚未面世的一款灵丹妙药，叫作"缥缈"。妖族一旦服用就会暂时令妖气消散，时效长达一整天，无副作用，无不良反应，是居家旅行、出门约会的必备良药，若是能得到妖族市场的认可，绝对能够让人与妖更加和谐地相处。

是这样的，妖怪和人最大的区别是妖有妖气。这妖气说得具体点儿，约莫等同于人类体味一般的存在。花草类的妖怪基本没有这方面的困扰，甚至可以说是赢在了妖生的起跑线上，随便喷点香水都能吹出前调、中调和后调；禽兽类和水产类的妖怪就很头疼，比如，虎妖身上有血腥味，鱼妖身上总有烂海带味……

处理妖气是很麻烦的一件事，大多得靠外敷特制的香薰或者直接消耗修为掩盖，而且只能维持一小段时间，这也是很多妖怪不爱出门的根本原因之一。

我决定先试吃，看看效果。

这里我得申明：我虽是妖怪，但并非妖气浓重的品种，出门都不必多做处理，这"缥缈"的药效在我身上或许没办法发挥到极致，好在降妖师经过专业训练，再淡的妖气他都能有所觉察。

服药前，我略有忐忑地问他："你说，我身上这妖气到底算啥味儿啊？"

他想了想："大概……是浪的味道。"

我懒得理他，拿起"缥缈"就吞了下去——金海寺千年老店、良心企业，样品品质我还是信得过的。

"还有浪的味道吗？"

降妖师又凑了过来……

不过这一回，我先是听到了"怦怦"的心跳声，然后才听到了他的声音。

> 这个可以有，
> 这个真没有。

◀ 05 ▶

就这样，"缥缈"药丸顺利进入我的直播间，早鸟价498一颗。

我使出浑身解数为其吆喝，上架当晚供不应求，限量五百颗全部售罄。

说起来，除了合同期满的湖景房，我每次带货都能拿到一笔可观的佣金，这段时间也算是小赚一笔。口袋虽然满了，但我这心里啊，却空落落的……在雷猴塔内过了几十天岁月静好的日子，我整个人都快未老先衰了，迫切需要去外面的花花世界充个电。

今晚，就是千载难逢的好机会——明天直播要推荐的护身符样品出了点问题，趁降妖师去联系供货部调换产品之际，我沿着高塔外面的监控死角，偷偷溜了出去，直奔常去的酒吧。

两杯当日特调下肚，我才给他发了条信息，说自己正忙着享受生活，天亮之前一定赶回去，是搭档就替我死守秘密，要是被金主发现我有违约行为，我们谁都拿不到湖景房。

我刚将手机揣回兜里，就看到舞池里的小哥哥在冲我吹口哨。

呵，凡夫俗子……

我倪小秋是那么肤浅的妖女吗？

只要凡夫俗子长得足够帅，我可以是。

我兴冲冲地端着酒杯扭了过去，还没和小哥哥碰到杯，又低着头扭了回来：谁能想到，我居然在酒吧遇到了华海大师？彼时，他正顶着一头茂密的秀发在舞池中央放飞自我，时不时向卡座的方向张望几眼，好像是在等什么人……

我之前居然没发现他的发型有任何破绽——不得不说，那顶猛男必备的光头头套，上头效果是真的很好。

◀ 06 ▶

就在我暗忖流年不利、准备打道回府时，心头忽然疼痛难忍，犹如万蚁啃食，连手里的酒杯都端不稳了。

我一手捂着胸口，一手拨开人群，找到刚刚在水吧为我调酒的酒保，厉声质问："你给我喝的到底是什么酒？"

也许是我的表情太过吓人，也许是我难以遏制地显露出些许原形，酒保惊恐万分，哆哆嗦嗦地指着液晶手写板，上面用荧光色的彩笔写着：今日特供雄黄酒，让你感受复古的浪漫。

浪漫你个锤子哦浪漫！

我还没来得及多骂两句，便向前一俯身，将胃里的酒水全数呕了出来，超短裙下还甩出了一条长长的、滑溜溜的尾巴，直接甩向舞池中的人群！酒吧里乱作一团，呼救声、咒骂声、尖叫声此起彼伏，红男绿女们开始向出口挤去。

我扭头去寻找华海大师，却眼睁睁看着他被人群挤倒在地，连滚带爬地消失在安全通道；而原本空着的卡座上不知何时多出一个身影，他冲出人潮、逆行而至，在我的面前站定……

是降妖师。

所以华海在等的人，是他？

◀ 07 ▶

"你不是在塔里为明天的直播选品吗？"

"你不是出门联系金主更换样品了吗？"

"你偷跑出来喝酒？"

"你偷跑出来幽会？"我甩了甩尾巴，决定不管是真是假，先占领道德的高地，再用凌人的气势压倒他，"我上次就觉得，你和那个华海说话的时候总是眉来眼去的，原来你们……"

耳边又是一阵尖叫，我的话戛然而止。

我的尾巴太长，不小心击落了酒吧天花板上的七彩激光灯。

08

眼下这场面容不得我再多作脑补。

只见降妖师瞪了我一眼，双手比画出一个法诀，闲杂人等立刻昏昏睡去。大概等他们一觉醒来，就会忘记今天这场混乱吧。我惊魂未定，被他戳着额头训斥："就会添乱！老祖宗的教训忘了吗？居然敢当着这么多人的面喝雄黄酒？"

我超委屈："我又不是蛇妖，怎么就不能喝雄黄酒？"

他很震惊："啊？你不是吗？我还以为你肯定……才准备……雷猴塔……"

音响猝不及防地爆出音浪，将他的声音盖过。

我捂着耳朵，冲他喊："人家妖如其名，明明是只泥鳅精！"

两秒钟后，他露出了刚喝完一大杯苦瓜汁的表情。

其实，我也不是故意想要隐瞒的，还不是因为蛇妖在妖怪界是元老级别的人气明星，我刚开始直播时压根没有知名度，也没有粉丝，就想着打打擦边球吸粉；没想到之后粉丝越来越多，所有人都觉得我应该是蛇妖，我害怕让粉丝们失望，又带着点小小的虚荣心，便始终没有戳破这个秘密。

降妖师表情复杂地凑近我，深吸一口气："我之前说错了,应该是泥的味道。"

我扬起手准备揍他，谁料那家伙却抓住我的手腕："你有没有想过，如果不是雄黄酒的缘故，那你为何会突然失控、在人前显露出原形？"

我思考了半天，最后脑海里冒出两个字——

缥缈。

我收起尾巴，霜打茄子般跟着降妖师回到了雷猴塔。

他催动灵符，联系了遍布全国各地的师兄弟，然后拧着眉告诉了我一些不容乐观的消息：最近有好几只妖怪都在人群密集的地方失去控制，暴露了异族身份，虽然没有闹出流血事件，但却忙坏了降妖师们，害他们到处收拾烂摊子。而那几只妖怪有一个共同特征，就是都在我的直播间购买过金海寺出品的灵药。

　　果然是"缥缈"的问题！

　　他苦恼地喃喃自语："不可能啊，基础配方……没问题啊，怎么会……"

　　"你确定配方没问题？"

　　"经过我们整个师门认证，绝对健康绿色无隐患。"

　　"那，那会不会是批量生产过程中出了差错？"

　　就在这时，降妖师的手机响了，是华海大师，他说第二批的三千颗"缥缈"已经新鲜出炉，问我的直播间什么时候可以按照附加合同要求，举办专场直播，他那边提前备货、安排物流。

　　降妖师挂断电话，定定地看着我："湖景房还要吗？"

　　我说，让我想一想。

◀ 10 ▶

　　三天后，有关灵药"缥缈"的直播专场如火如荼。

　　因为整场直播只有一件主推商品，为了撑满时长，我除了分享近期雷猴塔内的"禁闭日常"和美妆心得外，还接受了降妖师为我特别策划的三场直播PK对战——这段时间，他有空就研究直播营销，什么分发、推流、转换率，学得像模像样，大有"跨界的要搞死专业的"之势。

　　我甚是欣慰。

　　直播PK嘛，就是双方主播的粉丝进入同一直播间打call刷礼物，谁人气高谁就是赢家，只不过人类女主播搞PK，输家的惩罚是关滤镜，而我们妖怪女主播搞PK，输家的惩罚是现原形。

　　我的对手是一只猫妖、一只兔妖和一只成了精的鞋拔子。

　　别问，问就是千年前成的精。

　　前两场我都赢得十分稳当，毕竟"毛茸茸"在妖怪界也是主流审美，我甚至都怀疑她们是故意输掉的，猫猫和兔兔一以原形出现，满屏都在刷"摩多摩多"，直播间订阅数不减反增；至于第三场，我本来感觉自己会赢得没有任何悬念，然而就在倒数最后几秒钟的时候，忽然阴兵过阵……

　　鞋拔子以大比分取得了胜利？！

　　见我脸色不对，降妖师立刻化身降降小助理，安慰我说，大家可能都觉得鞋拔子的原形没什么好看的，你也不愿意花时间看一只鞋拔子搔首弄姿，顺便幻想它释放出的妖气味道吧？

我……非要让我看的话，也不是不行……

但是眼下这情况，还是愿赌服输比较好。

降妖师给我递眼色："你用那款我给你安装的'白蛇'滤镜，磨皮美白拉长——反正你的原形本来就挺像蛇，粉丝绝对看不出来。"

这番话分贝颇高，直接被话筒收音，现场播了出去。

我脑子一热，来不及多想，妄图掀起一波高潮将这个直播事故遮掩过去。于是，在无数"我蛇爆"的刷屏中，我摇身一变，露出原形，屏幕前立刻出现了一条巨大的、滑溜溜的、黑中透润的……泥鳅。

降妖师一愣："哎呀，滤镜忘记升级了，暂时用不了。"

哦，这句也被播了出去。

◀ 11 ▶

我经历了直播生涯中的滑铁卢。

连带货口播都没来得及念，我就被愤怒的粉丝直接喷下线，更别说上链接了。华海的轰炸电话一个接一个，我索性关机保命。然而，直播事故还是飞快发酵，话题"倪碧萝"空降妖网热搜，随便点开一个妖怪论坛，铺天盖地都是关于我的负面新闻。

根据吃瓜效应，不出半天，金海寺出品的灵药"缥缈"和最近几起妖怪暴走事件，也一并登上了热搜。

终于，这场由泥鳅引发的骚动引起了妖怪最高管理组织"司妖"的重视，我和降妖师双双被请去喝茶，"千年等一回"直播间彻底歇菜。

◀ 12 ▶

妖怪和人类也有很多相似的地方，其一就是，忘性大。

就在"倪碧萝"即将成为过去式之际，司妖组织忽然发布命令，要求上报所有在我直播间买过"缥缈"药丸的妖怪名单，并且紧急召回所有货品，不得以任何理由违抗。这一波官方操作，又把我推到了风口浪尖。

降妖师怂恿我趁热打铁，新的直播间应运而生。

倪小秋浴火重生后的直播首秀，不带货，只谈心，当晚在线观看妖数高达三万——我很清楚，这是第一次，也是最后一次。

我这次重开直播，主要是为了两件事：一来，是向广大粉丝道歉，承认先前在直播间售卖的灵药"缥缈"有安全隐患，从今往后，我再也不会在直播时有偿推荐任何产品，从此退出带货江湖；二来，还是向广大粉丝道歉，坦白之前那场"直播翻车"事件其实是我和降妖师事先策划好的，和我 PK 的三位女主播也是计划的参与者，我们之所以这么做，就是为了动用舆论的力量，引起司妖介入，在保证自己安全的前提下揭露华海的嘴脸。

在筹备专场直播的那段时间，降妖师拿着样品"缥缈"深度分析了成分，结果发现配方被人动了手脚，虽然还是可以暂时帮助妖怪压制周身妖气，但只要一碰酒水，就会迅速成倍释放，从而令服药者当众失控，引发慌乱。

而那位华海大师，其实是个常年混迹剧组、跑龙套的演员，因为金主不方便露面，特意雇他来演戏，只是没想到这家伙居然是某不知名"反人妖共存"组织的激进派成员。他趁机改变了配方，将一部分有问题的"缥缈"投入市场，目的就是为了让妖怪曝光身份，加剧两族矛盾；至于那座将我和外界隔离的雷猴塔，也不过是一处伪装过后的实景拍摄基地……

"不是我说，真金主的推广预算也太高了吧？建一座塔得花多少钱啊！"

"几千万罢了，毕设嘛，都得花钱。"

"但是我倪小秋何德何能……"

"你值得。"

"不是，就算你回答得这么顺溜，也演不出霸道总裁的气场。"我颇为惋惜地看着降妖师，"顶多是个霸道助理。"

"是这样的，出山前师父给我下了最后通牒：要是我这趟还降不住一只妖，明年就让我滚回家继承家业。"他说得很认真，根本不像是在骗妖，"虽然我炼丹、布阵、结印、御剑几门功课都只学了一点皮毛，但'湖景房降妖大法'还是很好用的——托你的福，我顺利毕业了。"

我张了张嘴，这个大法是真的牛。

"所以，你才是金主？雷猴塔是你建的？华海大师是你请来的？"

"嗯。"

"你不是降妖师吗？"

"业余爱好。"

"你是不是钱多啊？"

"你才发现？"

"那干吗要让我推荐那些寺庙文创产品啊？"

"哦，那是师父和金海寺的合作项目，结果他又没有营销经验，一直卖不动，只好当硬指标派给了我们师兄弟。我本来想着，如果连你来直播都带不动货，我就偷偷花钱把货全清了，没想到……倪小秋，你果然比我想象的还要厉害。"

呸，这话要你说？

但如此一来，我岂不是从一开始就被他这位金主安排得明明白白了？毕设和带货，还和我一起"同居"了那么多天？我越想越不对劲，又回到了最初的那个问题上："我再问你最后一个问题——为什么偏偏是我？"

降妖师有点不好意思地移开目光："因为，我很早以前就是你的粉丝了。"

◀ 13 ▶

"其实，我和我的师兄弟平时都很喜欢看妖怪直播，所以，大家才会想趁着毕业前研发出一种可以暂时压制妖气的灵药，希望你们所有妖怪，有朝一日，都可以光明正大地和人类一起生活。"

那是我第一次知道，自己所做的事，原来真的会不知不觉改变一些东西。

◀ 14 ▶

第二天，尚未被服用的"缥缈"全部被司妖召回，而假华海和他的团伙，则被组织派出去的人给暗中控制住，受到了应有的惩罚。

还有一个好消息。

司妖高层一致决定和降妖师达成合作，重新改良"缥缈"配方，并接手灵药批量生产业务和物流配送工作，严格把控品质，等到时机成熟时，再通过官方渠道进一步投放到妖族市场——当然，是不限量的，绝不会让大家每天守在直播间里抢货。

做完最后一份笔录，我和降妖师终于可以离开。

回雷猴塔的路上，他心事重重："你以后还搞直播吗？"

自曝原形虽说是事出有因，但在这个妖魔鬼怪都要看原形的世界里，泥鳅成精是真的没什么市场。于是我两手一摊，认命道："这次已经上升到信任危机了，就算以后我再直播带货，其他妖怪也不一定愿意购买了吧？但让我去对口型假唱、当大胃王吃播、开口让粉丝刷礼物，我又觉得不甘心……"

"抱歉，是我害了你。"

"是选品失误。"

"不，你的名誉受损，我有不可推卸的责任！"

"这样啊……"

"必须负责到底！"

"啊，负责倒不必负责。"我冲他伸出手，"给我湖景房就行。"

那家伙从长得和帆布包似的乾坤袋里摸出一本房本，二话不说，塞进我怀里。

◀ 15 ▶

> 天晴了，雨停了，
> 坐拥湖景房的倪小秋
> 感觉自己又行了。

◀ 16 ▶

回到原来的出租屋休息了三天，我决定去看看我的房。

问题这就来了，金海寺在Z市，栖湖在H市，这个湖，明显不可能是栖湖……

我宽慰自己，莫慌，什么湖不是湖啊，有房就行。

然而高铁转地铁，地铁转公交，公交转三蹦子，辗转到了那地方一看，我顿时傻了眼：白马非马，所以也不是所有湖都能称之为湖，比如那个挖到一半就停工的小水坑，我绝不承认它是人工湖！更让我无语的是，没有湖景就算了，连房也没有，水坑边只有几棵搭着木板的歪脖子树……

这根本就是给蛇住的湖景房吧？

我气得直接摔了房本——男人要是靠得住，泥鳅都能爬上树。

◀ 17 ▶

那混蛋降妖师来看我的时候，我正在给自己挖洞。

不等他开口寒暄，我便指着身后一大片荒地，发出了灵魂质问三连："湖呢？景呢？房呢？"

大概是出于心虚，他立刻低头从乾坤袋里又摸出几本房本摊在我的眼前："抱歉，是我弄错了，我再找找这附近有没有可以住人的湖景房。"

"不是，你出门都随身带一沓房本的吗？"

"万一遇到了打不过的妖怪，可以用这个当灵符……"

"别说了！"

"无聊时也可以打打扑克，三个三百平带两个一百平，联排别墅就是炸，四合院当大小王什么的，还挺有意思的。"

对不起，我不懂资本家们的"有意思"。

降妖师拍拍我的肩膀："其实，这里也挺好的，虽然没有房，但是还有地啊！你的直播间又可以热闹起来了！"

地？有地能干啥？虽然心里犯着嘀咕，但久违地听到了"直播"两个字，我还是条件反射般地眼睛一亮。

他不疾不徐地说："你看，这地方气候和土壤条件都不错，日出而作，日落而息，凿井而饮，耕田而食，咱们可以直播远离喧嚣城市的慢节奏妖怪生活啊——新 ID 我都替你想好了，就叫'倪小柒'，这次我来帮你做内容策划兼小助理，一定让你东山再起，逆风翻盘！"

我寻思着，这法子说不定可行。

倒不是为了重新红，而是……我忽然有点想念那个降降小助理了。

"那就这么说定了。"我冲他微微一笑，"不过，要是你干不好，明年我就让你滚回家继承家业！"

Ⓖ END

THE
BAD KIDS

恶

战

童

记

警告：有危险信号源
正在离开培育区！

文/扶他柠檬茶

ABOUT THE AUTHOR

青龙镇老汉，
幼时从文，
然文武不就，唯系口腹之乐，
别无他求。
新浪微博 @ 扶他柠檬茶

扶他
柠檬茶

圣诞老人系统

大西洋时区12月25日　　　　　　　　夜 11:56

第759培育区进行清查
清查工作进行中……

⚠ 有危险信号源正在离开培育区

⚠ 警告……

本书满意度调查表来啦!

你的反馈,编辑知道!

微信扫描二维码

留下你的辛辣点评,
为你喜欢的故事打 call!

不思议
VAGARY

看完这些故事，

- 你有没有感觉灵感关不住了？
- 是不是内心蠢蠢欲动？
- 想不想看到自己的故事被印成铅字？

那就赶快来投稿吧！

你只需要：

☞ 1. 关注我们的微博 / 微信账号

☞ 2. 获取约稿信息

☞ 3. 发送你的稿件给指定邮箱

简单三步，你离过稿只差动动手指了！

约稿信息怎么获得：

☞ 【新浪微博】关注 @W 脑洞君，
点击"置顶微博"，get 最新约稿信息。

☞ 【微信】搜索 wnaodongjun，
找到"脑洞合作"-"投稿方式"-get 最新约稿信息。

调度中心的所有监控屏幕在此刻同时熄灭，几秒后又依次亮起——屏幕中是一张孩子的脸。

夜空中，他坐在一台银白色的圣鹿飞行器上，神色漠然地将飞行器上的监控摄像头向下一扔。随着监控器的下坠而飞速移动的画面里，一个红色身影吊在飞行器下部的缓冲杆上，拼命挣扎。

△ 01

在各个时区的 25 号夜晚，所有圣诞老人都要值夜班，为自己辖区内的培育区送去圣诞礼物。

简单来说，培育区就是一个类似公立幼儿园到公立初中一体化的庞大机构。

如今已经没有单独的幼儿园、小学和初中了。所有儿童在一岁后就要被统一送往辖区的培育区，没有例外。

培育区的孩子没见过外面的世界——1 岁之后，15 岁之前，他们都在那个小世界里生活，不能离开。

人类的育儿压力被培育区解放了；人类的受教育差距，也被培育区缩短了。

真是个好机构啊。

张问叼着烟，风驰电掣地骑车穿过弄堂。

今天是 12 月 25 日。街上人来人往，圣诞节的装饰物点缀在每个角落。

晚上 9 点，他将摩托车停在市民礼品中心的门口，在核对员工卡之后，他进入建筑物，登记、更换工作服、抵达出发层……

10 点，已经有圣鹿飞行器陆续升空，仿佛是从地面升起的星星。张问坐在自己的飞行器里，前往他的辖区。

这种飞行器是敞开式的，只能慢速飞行，时速大约在 300 码左右；体积大约 3 米乘 3 米大小，最多可以承载一名正常体重的成年人与四名不超过 80 斤的乘客，需要身份认证后才可以启动，是专门为"圣诞老人"提供的低速飞行工具。

张问已经在路上戴好了帽子和假胡子，他抵达 701 培育区的时候，等候已久的孩子们正从四面八方涌向降落地点，他面无表情地把礼物盒抛向欢呼的小屁孩们。

大部分孩子都相信他就是传说中的圣诞老人，只有一个八九岁左右的男孩靠在角落，毫无兴趣。不知怎的，张问似乎能读懂这小孩的眼神。

张问随手拿起一个盒子，对小孩扬了扬。对方依旧不为所动。

张问的表情更丧了。

"那是曼达，号码是861，他一向都是这样。"老师解释说。

张问耸了耸肩。所有培育区的孩子，都是没有姓名的，只有编号。当然，培育老师会给他们起可爱的昵称，比如小五、小六、七七……

发完礼物后，孩子们并未散去，他们看向张问的眼神反而更期待了，因为在送礼物之后，还有一个诱惑更大的活动——优等生选举。

圣诞老人会从这群孩子里挑选出最优秀的几个，让他们坐上雪橇，离开培育区，提前去外面参观"大人的世界"。

至于挑选方式……根据孩子们受到的教育，圣诞老人会使用"魔法"挑选优等生。

张问从口袋里掏出了魔法水晶球。他把大拇指按在水晶球上，里面顿时亮起细小的绿色光点。

指纹验证成功

生物电扫描开始

浅绿色的波纹从球体开始蔓延。管理员确定每个孩子都处于波纹的扫描范围里……

什么事都没有发生。

在 10 分钟的屏息期待后，孩子们又陷入了失望——圣诞老人仿佛松了口气，将水晶球收入口袋里。

"今年也没有优等生，明年再努力吧，小兔崽子们！"

不知为什么，他反而很高兴的样子，哼着歌走向了圣鹿飞行器。孩子们又开始吵吵闹闹——因为 701 辖区的圣诞老人张问每年都这样，好像没有优等生是件值得高兴的事。

管理员哄孩子们回到室内。一个爱管闲事的女管理员送张问回到圣鹿飞行器上，她手捂胸口，也松了口气。

"太好了，"她说，"这里已经三年没有出现……信号了。"

是啊，不错嘛。

张问的圣鹿在引擎的轻响声中启动，缓缓上升。

张问是第一代从培育区出来的孩子。但很不幸的是，他 15 岁那年离开培育区时，父母都已经病逝了。

偶尔也会有这样的情况，可培育区的存在是全球人类都支持的，它归属于联合安全中心，是每个国家倾举国之力打造的免费公立教育机构。父母不再需要为了育儿付出巨大的金钱和精力，这让他们能好好享受生活，提升自己，并准备好在 15 年后成为完美的父母。至于孩子们，他们则能在培育区里快乐地生活，无忧无虑。

张问还是很怀念培育区里的生活的。每一位管理员都对孩子们十分温柔，与世隔绝的培育区里，孩子们也学不到脏话、负能量和斗殴之类的坏事。无论生孩子的两个人是不是合格的父母，培育区里经验丰富的专业管理员会让孩子成长为人格健全的大人。

可是，当他来到外界后，才终于知道了培育区里的秘密。

——检测出来的"优等生"，都要被"教育"。

02

大约在一百多年前，"恶童事件"让人类损失惨重。

研究所已经确定新的基因测序，那一代开始，幼儿将以十万分之一的概率变异为"恶童"。

如今关于恶童的所有影像资料都是绝密信息，张问只从几个老头嘴里隐约听说过那时讨伐恶童的情景，据说最后在太平洋中投入了两次核弹才把恶童消灭……

培育区的建立，就是为了杜绝恶童的出现。

15 岁是一个安全分水岭，15 岁前的人类都有概率异变，异变并非突发，大概会持续两到三年，其间，异变幼体的生物电将急剧紊乱，活跃度大约是普通人的三百多倍。

所以人类才建立了这个培育所，将孩子关在里面，在孩子15 岁以前，每年都会有圣诞老人以送礼物的名义前去检测，一旦测到"恶童"过于活跃的生物电现象，就会以"优等生"的名义将他们带走，进行集中处理。

张问回了自己家，值完夜班后，他没有补觉的习惯，而是窝在家里打游戏。33 岁的张问如今独居，曾经有妻子和孩子。

妻子在五年前因为脑血管瘤破裂而去世。

他们的孩子则在出生后被送入了某处培育中心。

父母不会知道自己的孩子在哪个培育区，他们手中只有一个信号接收器——每个孩子出生的时候，体内会被植入接收生命体征的芯片。如果孩子还活着，父母那边的接收器就是亮着的。

换而言之，熄灭，则代表着……

——张问的接收器，在一年前，熄灭了。

03

不少圣诞老人完成了工作，都在差不多的时间点升空。张问的心情原本不错，直到他经过另一架圣鹿——

那架圣鹿上，除了圣诞老人，还有两个昏睡不醒的孩子。不止这架，还有许多圣鹿上都载着昏睡的孩子。

那些画面仿佛能灼痛张问的视网膜，逼迫他转过头，不去看它们。

次日，圣诞老人们都换上便装，在12点前回到中心的会议室汇报圣诞夜行动。

当然，流言蜚语也是不会少的。目前大家讨论最热烈的两个话题，一个是759事件，另一个是各个培育区的儿童失踪事件。

"759培育区那个工作人员可能是死了吧？目前生不见人，死不见尸，存活概率很低。"

张问的前辈、同为圣诞老人的李明远嘟囔道。

"所以啊，一旦扫描到生物电异常，宁可抓错也不能放过。"

这是大家的结论。

在离开中心前，张问被设备处的人叫住了。

他的"水晶球"昨天被收回去进行维护了。

"你有摔过它吗？"设备处的人一脸严肃，"泡水？高温？"

"啊……都有吧。"

"……"

好像坏得很严重。

04

全球都在紧急搜寻759培育区失踪的圣诞老人和那个孩子。

所有可以调动的力量都必须加入搜寻的队伍。张问只能休息两天，就要加入大部队，去759圣鹿信号消失的地方进行地毯式搜查。那里位于一片荒漠的上空，哪怕没有遭遇袭击，普通人活下去的可能性也不大。

但就在他结束休假、准备出发前，中心又通知他，回701培育区拿新的水晶球扫描仪，再扫描一遍——为了防止之前老损的仪器扫描不出异常。

随便去看看吧……

他没换上红色工作服，只带着员工身份卡去了701培育区。圣诞刚过，节日的气息还未消散，到处都可以见到礼品盒包装纸的碎屑，还有孩子兴奋地拿着礼物追逐打闹。

口袋里的新扫描仪刚刚启动，还在加载程序……突然，它猛得震动起来。

这意味着，有异常的生物电被扫描到了。

正在他惊愕的时候，一个小孩子的身影从旁边一闪而过。

"水晶球"刹那停止了震动,恢复静止。

……是仪器发生错误?不可能啊!

瞎想归瞎想,他们手里的扫描仪直接连通中心的警报系统,一旦扫描到异常,直接就会上报给中枢。刚才发生在 701 培育区的异常,已经自动上报了。

如果没意外,支援很快就会来。

但是到底是谁的生物电?如果是正常情况的话,仪器会直接显示孩子的身份 ID……只是现在,屏幕上空无一物。

冷汗从张问的头上、背上滑落。

张问重启了仪器,异常波动消失,没有再出现。701 停机坪上很快降落了数十艘圣鹿,支援者各个面色严肃。听说不知道目标是谁,大家果断支持采取紧急措施——处理 701 培育区里的所有儿童。

张问不同意,可他不同意不顶用。其他人都支持这个做法,甚至已经开始联系运输处了。

"异变时间有两三年啊,这只是第一次探测到异常!"

"开什么玩笑,两三年只是常规,要是这是非常规的——"

就在这时,刺眼的绿光同时从他们口袋中亮起。扫描仪上,清晰地显示着一串身份识别码:

ID:DX056

"你仪器坏了才没有显示 ID!"李明远立刻下了结论,带人冲向最近的培育老师,"DX056 号儿童在哪儿?查看他的芯片定位!现在马上!"

张问心里一阵难受,但至少这个区域的其他孩子不用被一起抓走了。

05

张问呆呆地坐在飞行器上,他管理的 701 区,在这么多年里只出过一起异常报告,概率很低。

当年他根据工作指导,把伪装成糖果的安眠药交给孩子,吃下糖果的孩子在圣鹿飞行器上进入了甜美的梦乡。他们穿过夜空呼啸的风,来到城市处理厂的上空。

工厂正中，敞开式的巨大开口吞没着一切，包括沉睡中的孩子。

056 号孩子被找到了，张问把前期报告发给总部，5 分钟后，得到了"允许处理"的通知。056 是个女孩子，大概 3 岁，躺在他的飞行器后座，睡得很熟。

她很安静地熟睡着，小脸红扑扑的。张问想摸摸她的头发，想好好安抚她最后一场美梦。可手堪堪停在她脸边，不敢碰触。

她真可爱啊，粉雕玉琢的，好像以前旅游招贴画上的短发娃娃……

他告诉自己，不能心软，她是怪物，她的基因已经异变了，异变的基因随时可能让这个孩子成为一头需要核弹才能销毁的巨兽……

张问小心翼翼地将小女孩抱起来。孩子的衣服上还带着奶香，没有抱过孩子的人，难以想象那是什么样的感觉。

柔软而蓬松，温暖而纯洁。

张问回忆起陪产时从护士手里接过自己的孩子，那么小的一只，像个枕头。

张问闭上双眼，犹豫片刻，他扭头按下返航键。

但整台飞行器突然颤了颤，短暂失去了平衡。张问朝着倾斜的左舷望去，看见了令他难以置信的一幕——

在降落缓冲底座的杆子上挂着一个小孩，他一边死死抓住杆子，一边狠狠地瞪着张问。

张问记得他，就是那个在 701 培育区里的臭脸小孩曼达。

"你……"

他一时没办法做出任何反应。这不可能，这是幻觉！每个孩子体内都有芯片，一旦这个芯片在没有许可的情况下离开培育区，工作人员就会立刻得到通知！

曼达是怎么无声无息跑出来的？！

紧接着，圣鹿再度摇晃起来，不是因为失去平衡，而是有其他异常的力量在催动它。张问没有进行任何操作，可它却在继续升空，向北方飘去。

曼达在流鼻血，而且越流越多。

在执行任务期间，张问是有"合理侵犯权"的。简单来说，社会与国际联合安全中心都赋予了圣诞老人这样的权力——击毙任何可能影响"处理恶童任务"的人。

他们的身上、飞船上都有监控摄像，确保这个权力不会被滥用。

就算事后上级查看监控录像，这也百分百的属于行使合法权力。然而，即使不这样做，曼达看起来也差不多要到极限了——

张问伸出手，抓住曼达细细的手腕，将孩子提回了飞行器上。

但眼下最大的问题是，飞行器居然在自己移动——摇摇晃晃的，就像上帝从空中伸出无形的手，在摆弄这个飞碟玩具。

他看向曼达，曼达也在看着他；下一秒，张问双腿猛地发麻，整个人跪倒在地，就像是被电麻后的脱力表现。

也就在同时，他口袋里的"水晶球"扫描仪疯狂震颤，在十几秒后，伴随着不祥的响声，熄灭了。

"照我说的做，否则我就烤熟你！"曼达威胁他，"把它往北边开！"

张问刚想反击，双腿再度刺痛，他发现问题的根源是电流——真的有电流弥散在自己的身边，好像潜伏的毒蛇。

这个孩子莫非能控制电流？

因为有这样特殊的能力，所以这孩子能控制探测器、自己的芯片、飞行器……甚至其他更重要的东西……

张问胸口的摄像头被曼达摘掉，扔了出去。

张问突然想起759区的同事出事时，也是被培育区的孩子控制了飞行器。显然，有这样特殊能力的孩子不止一个。

他被迫控制飞行器向北方行驶，但其实开往了联合中心在本市的总部；反正在天上，曼达也分不清东南西北。

这艘飞行器的航线异常，再加上摄像头传输回去的画面，足以让总部开始警戒。那边的降落点，应该已经守候着荷枪实弹的士兵。

离总部还有大约15公里，曼达看似提防着张问，但其实神色很疲惫，鼻血把他的前襟染成一片暗红色。

张问迟疑了几秒……忽然，身后伴着高空风声，传来了熟悉的声音。

"张问，你没事吧？！"

李明远来了！

张问顿时松了口气，他转头——李明远驾驶着自己的圣鹿，升空靠近。张问身手敏捷地跳上了他的圣鹿，旋即只觉得脖子一麻。

不是被孩子控制的电流，而是……而是来自李明远手里的电击枪。

李明远是叛徒！

06

浑浑噩噩间，张问感觉自己被李明远绑住了手脚。李明远熟练地跳上他的圣鹿，设置了自动驾驶的目的地，并且摧毁了定位信号。

两台银白色的飞行器在夜空中闪烁着，远离了都市的浮华。

07

张问醒来时，脑袋里一片嗡嗡声，他感觉自己好像在一辆摇晃得很厉害的公交车里。

他刚醒来，周围就响起了尖叫声。身边有很多人，全都惊恐地看着他。

这是……怎么了……

张问转头，从人群中看见了李明远的脸。老同事叹了一口气，把他从地上拎起来。他的手脚还是被绑住的，因为血液流通不畅，皮肤有些发黑。

他们在一辆大型运输车里，大概是冷链车，所以能装下二三十个人。有大人，竟然还有小孩。

那个叫曼达的孩子也在！

张问一眼就看见了他，躲在人堆后面，只露出半张脸。

"老张，我和你解释。"李明远没有解开他的手脚，把他扯到角落，"把你卷进来真的对不住，但是，我们没有办法。"

"这些孩子，都是培育区里基因变异了的孩子。在拥有恶童基因的孩子里，有一定概率能够拥有超能力……"

"当然有超能力啊！不然怎么被称为恶童？！"

"不，不是变成'恶童'的能力，而是更传统意义上的'超能力'。"李明远想了想，回头看向曼达，"譬如他，就有控制电磁的能力。"

原来如此！所以张问的检测器，每次都在一进入培育区的时候就被曼达锁定住了，什么都扫描不出。

"但是，我们行动的核心，是另一个孩子。我们作为活动在外界的成年人，能够得到培育区内部的消息，能够组织营救，都是因为那个孩子……"他又看了眼人群。车里，大概有七八个孩子，很多都好奇地朝这边看，好像一只只小花园鳗的脑袋。

只有一个白衣服戴兜帽小孩子，一直背对他们，一言不发。

"……她有控制意识的能力，或者说，是直接控制脑细胞和脑神经的能力。这是我掌管的603培育区的孩子，叫米兰。某一次我去603的时候，她用意识和我沟通，告诉了我'真相'。"

那个孩子此刻转过头，兜帽下是雪白的头发，皮肤也呈现毫无血色的白。天生白化病很常见，但她的眼睛却是淡红的，在昏暗的车内发着光。

这样的孩子，一眼看不出男女，看五官很清秀阴柔，大概是个女孩子。

"什么真相……"

"疫苗。"李明远的声音高了起来，"恶童疫苗早就研发完成了，但联合安全中心为了保持自己对社会的控制力，将这个秘密掩藏了！"

"八百年的老谣了……不对，她是怎么知道的？"

培育区是无法和外界交流的。圣诞老人在工作中全程录像，不可以和孩子随意说话。

在外界，网上偶尔会看见这样的谣言，可培育区里又怎么知道？

"是因为三年前联合安全中心的委员长到我培育区视察工作，他的地位几乎接近于整个组织的三把手，"他说，"米兰读取了他的意识，得到了这个秘密。"

米兰拥有意识控制能力后，就知道圣诞老人的仪器是扫描生物电的。每次李明远来，她就控制自己的脑神经，将生物电水平降到正常范围，以避免被扫描到。

"而且，觉醒超能力的孩子，彼此会有联系，能够通过意识交流。"

就这样，603 培育区和 701 培育区的两个"恶童"联络上了。而这些大人，则是米兰依靠李明远联络的各界人士。

有些是失去孩子的父母，也有单纯相信关于疫苗真相的人，还有无法忍受良心拷问的培育员和圣诞老人。

"今年圣诞节，我们都在想办法偷偷送更多的'恶童'出来。603 有几个，759 有两个，你的 701 那边也有，还有 1889，132……之前检测的结果，都被这些孩子用特殊能力压制下来了。如果孩子的超能力无法压抑生物电或影响扫描仪，我们就会用各种办法说通或欺瞒培育员，用合理病死的指标，把他们送出来。"

张问吞了吞唾沫，把这么多"恶童"救出来，一旦出事就完了。这么多"恶童"聚集在一起，若出了问题，将一发不可收拾。

"疫苗是真的。"一个年迈的声音，插了进来。

说话的是个戴着无框眼镜的老人，他瘦得像根豆芽，在摇晃的车里勉强站起来，被旁边的人扶住。

"疫苗是真的，"他重复了一遍，"因为我就是联合安全中心科研室前任所长。我潜逃时，带出了一套一期疫苗的样本，尽管有些副作用，但绝对能抑制他们的恶童基因。"

老人叫周山，在官方资料上，他已经于五年前去世了。

但如果不用假的死亡资料混过去，他根本无法逃离监控。疫苗明明在进行试验，但联合安全中心却突然关闭了实验室。

周山意识到他们的目的，所以带着一套样本出逃。但"恶童疫苗"的言论在网上常年被认为是谣言，直到李明远和米兰联络上，他们才慢慢接触到周山。

有了疫苗，有了执行者，行动从三年前正式开始。救援行动的代号是"黑桃七"。人们开始救援这些不必被收容教育的孩子，将他们送往无人区的"庇护所"。

"好，好，我赞成你们的主意，"张问把被绑住的双手给他看，"那你们把我带上干啥啊？"

众人面露难色。根据之前接到的消息，他们的行动恐怕被盯上了。

张问，是他们用来应急的"人质"。

这种时候还想着会不会伤感情？！张问气得快疯了，他从来都是一副丧气的大叔样，难得这样暴跳如雷。

张问的脑子里突然响起一个孩子的声音，是米兰的意识通信 ⚡〰️〰️：

"你的孩子不一定死了，也许随着前几批被救援的人，一起被送到了无人区的庇护所。"

张问怔住了。

"救出来的孩子，都会通过手术把芯片取出来，家长手里的接收器自然会熄灭。"米兰说，"你的孩子，有可能在庇护所里。"

08

前往无人区的路程很漫长，大约要历时三个月，因为火车或者飞机无法通行，只能通过冷链车走高速。

这里不止一辆车，大约有五六辆，其他车内部被改装成了房车，用来晚上分散过夜。有时候小孩晕车现象太严重，那天晚上就会露营。

张问还逃过一次，刚跳出帐篷，就被米兰警告了。这里所有人的意识都在她的监视之中。

其他孩子平时都会聚在一起玩。孩子是很神奇的生物，明明是在逃亡路途中，但只要有同龄玩伴，就完全不会觉得焦虑。曼达比较早熟，但被邀请几次还是会融入孩子群里；至于米兰，则好像一个独立于世的游魂。

李明远说，这些有能力的孩子，大概率是活不久的。

过度使用超能力，会影响造血系统，更容易患血癌。

米兰喜欢坐在那个老人身边，不用书本，只是借意识沟通来学习。尽管被周山警告过超能力的副作用，但她不怎么在乎。

09

第一次面临追击是在第七天。

李明远照旧下车和关口监测站的人办手续，根据文件，这些车里运输的都是冰激凌。

但是对方要求开箱检查。

"最近市里不是出事了吗？有安全中心的人被那种怪物绑架了……"

所以关口加强了检查，如果是厢式货运车，都要打开检查。

最后还是李明远偷偷塞了现金，买通了对方放行，才过了这一关。

大家商量了一下，决定改变线路，绕开官方的关卡。于是，路途顿时变得艰难起来，绕开关卡和主干道，意味着也会错过商店之类的补给点。

张问也被拎去干活，比如洗衣服、做饭，他有时候干着活，瞪着对面跳长绳的曼达，气不打一处来："这群孩子！"

曼达冲他做了个鬼脸："让米兰给你听挠锅底的声音！"

——米兰真的能做到，通过控制人的脑神经，让人产生各种幻觉和幻听。不过女孩子比男孩早熟，没兴趣做这种幼稚的事情。

"米兰让他听挠锅底！"

"幼稚。"

……

张问抄起一团肥皂泡就冲他甩了过去，曼达尖叫着躲开了。他还想再丢一团过去，就感觉衣角被人拽住了——056号小姑娘摇摇晃晃地抱住他的腿，傻傻笑着。

被这样一个小孩子抱着，谁都会心软。张问把手洗干净，把她抱起来哄着。周山在旁边笑呵呵地看着，老先生很儒雅，孩子们都很喜欢他。

"孩子很可爱吧？"周山说，"我还记得我孙女，出生时候那么小一只……那时候我还抱得动……"

周山的女儿，在接收器熄灭后，因为无法接受这件事，在某天上班途中跳入了铁轨。

"我的是儿子，不过养到一周岁也送走了。"

"这里很多人都是，希望能公开疫苗的事情，带回自己的孩子。也有人的接收器已经熄灭了……"

社会将这种看重孩子的父母称为"过时家长"。新的思想是，培育区解放了人类的育儿压力，也解放了父母与孩子之间沉重的关系。

反正只会养到一周岁，再见面时则是十五周岁，为孩子的死而悲痛欲绝，在现代社会已经是无法被人理解的事情。

"为了继续在社会上保持巨大的影响力，联合安全中心隐瞒了疫苗的事。"老人叹了口气，"权力一旦让出去，想收回就很难了。当年，人类把自己的育儿权让渡了，这意味着联合安全中心想让人类的幼儿变成什么样，他们就会变成什么样。他们不会对先祖与过去有所敬畏，他们唯一敬畏的只有培育区。"

几个小孩子里面，曼达和米兰算是年纪比较大的。曼达的好奇心更加强，喜欢趁大人不注意带着其他孩子溜出去。

米兰的能力范围大约在 300 米左右，超出这个范围就难以锁定对方的位置。张问被李明远打发去找孩子，反正他们的车现在在荒野中行驶，前不着村后不着店，不怕人质跑了。

张问去问米兰："他们往哪儿跑了？"

小姑娘在低头看书，安静地给他指了个方向。她只能确定最后意识消失在那个方位。张问骂骂咧咧地冲了出去，他要赶在吃晚饭前把人拎回来。

今天曼达和几个大孩子都跑到了附近的土坡上，被找到的时候浑身都是土。张问一手把他拎起来，另一只手和拍枕头一样在他身上拍灰。他们正往回走的时候，营地方向突然冒出了火光。

张问呆了几秒，接着丢开曼达，往火光处跑了几步。

营地处已经一片狼藉，刚刚经历过一场交火，不远处倒着几名武装士兵，每个人没有外伤，血从他们的鼻腔流出来——这是脑神经被摧毁了。

张问听见有人在叫自己——周山先生抱着米兰，他们都满身鲜血，身上带着枪伤。

李明远一动不动压在两人身上，替他们挡住了致命的几枪。

但老人和孩子都已经受了重伤，奄奄一息。

"下一批人很快就要来了……"周山颤抖着向他伸出手，手中是一个染血的 U 盘，"目的地坐标……怎么找到庇护所……都在里面……带孩子们去……"

张问接过 U 盘，因为黏腻的血，险些失手落在地上。

他看了眼身后的几个孩子。米兰濒死，其他孩子中，只有曼达有超能力，可控制电磁的能力脱离电器就无法施展。张问完全可以把孩子丢在这里，自己离开——下一批追兵会解决他们。

他又退开一步。但是，张问的脑子里响起了哭声。

米兰的哭声。张问听见了她的哭声。很轻很轻，虚弱地响了一会儿，就归于死寂。

她死了。

张问迈出一步，但险些被绊倒——血泊里，056背朝上趴在那儿，羊角辫被血黏成一团。她的身体是冰凉的，那种温暖柔软的奶香消失了。

在短暂而漫长的迟疑后，他突然冲向曼达，用胳膊随便夹起两个孩子，对着其他孩子吼道："还等什么？！去前面那辆车上！"

10

货车飞快地冲过荒野。

这些车都是事先改装过的，能够躲避电子追查，但如果遇到传统的公路关口就没有办法。之前每天走的线路是大家讨论研究出来的，张问根本不清楚，只能根据车载智能系统读取的U盘内容，避开关口，朝无人区的方向凭感觉开。

"听好了，现在都给我乖乖的，"他一边开车，一边说给后面的小孩子们听，"衣服、袜子、裤子都自己洗，尿床了也自己收拾床单，谁不听话就把谁丢下车！"

"胡说，没人还会尿床！"

"你昨晚还尿床了！"

他从后视镜里瞪着曼达。小屁孩赖账，死活不承认自己还尿床。

孩子的情绪过去得很快。但看过那种血腥场面后，几个小孩经常静默着发呆。这段时间下来，他们也很听张问的话。

张问休息时在远处坐着抽烟看他们。自己的孩子如果还活着，应该也……

那时候，"黑桃七"救援计划已经开始了，他的孩子，或许如米兰所说，真的在庇护所。但那是很小的概率。

张问熄了烟，揉了揉眼睛。烟火熏得眼睛疼。

"喂！"曼达在那边叫他。

"啥事？"

"路那头有好多车！"

他们的货车，此时停在高处，可以看见远处道路上的往来车辆。这条荒路极少有人走，但是此刻，路那头却来了浩浩荡荡的装甲车。

张问顿时明白了，轰小孩们上了车。

孩子们知道是追兵，叽叽喳喳吵个不停："他们追得上我们吗？"

"我们也很快的！"

"车是不是轮子越多越快啊？"

"都别吵！到后车厢去躲着！"张问吼了一句，"不喊你们不许出来！"

从后视镜里，能看见双方距离在缩短。这种大型车最快速度也只有160码，因为里面装了生活设施，实际速度还要更慢。

对方是军用武装车，速度肯定快于他们的车，尽管也是大型重车，但是能踩到220码。根本不用交火，只要撞上来就可以让自己的货车报废。

张问只能尽可能把油门踩到底。突然，身后伸来一只小手，戳了戳车子的仪表盘。

是曼达。

"不是让你躲进去吗？！"他没想到孩子没进去，居然还有闲工夫给他捣乱。

曼达看着那些仪表盘，他还看不懂这些："怎么让车停下来？"

"后面有人在追着我们啊！"

"停车，现在我们距离太远了。"

张问能明白他想做什么。曼达的能力覆盖距离大约在400米左右，但是距离越远，力量也越弱。

要控制大型武装车，大概需要多近的距离？

紧接着，张问突然意识到车上是没有武器作为反抗的，不管怎样，只要被追上了就是死，还不如赌一把！

他停下了车，曼达盯着后视镜里越来越近的车队，在达到某个距离后，孩子猛地闭上双眼。最近的两辆车猛地停住，因为惯性和摩擦侧翻倒地；后面几排车伴着巨响撞在一起，无法再继续追击。

血从曼达的鼻子里流了出来。张问用纸巾塞住它，然后继续踩上油门，摆脱追兵。曼达一脸嫌弃地把纸巾拔出来："呕，好恶心！"

"这是给你的小红花！"

"不要！"

张问看了眼地图，他们离庇护所还有十天的路程。昨天遭遇了第三次追击战，曼达太累了，所以直到现在都睡得很熟。

他们在西北的荒城短暂地停留了几天，张问买了点高热量的营养品。晚上，几个孩子跟他蹲在车顶吹风，他们都很累了，连玩的力气都没有。

曼达问他为啥呆呆地盯着夜空。

"我在想我的儿子。"

张问看着星空，因为这里远离工业区，夜空还很明亮。

据说从前的世界，各个角落都住着人。但自从育儿的责任转移给了国际联合安全中心这个组织后，人们的居住空间高度集中，许多城市因此荒废。

"你觉得他还活着？"小孩子七嘴八舌地说。有的小孩说死定啦；有的说，故事里都会是好人得救的。

张问看着星空想，要是还活着，能不能给自己一点征兆？

紧接着，一颗流星划过夜空。

许许多多流星划过夜空。

身边"哇"地闹起来，孩子没见过流星雨，都尖叫着在车顶兴奋地乱跳。喧闹中，只有张问不知不觉落下了眼泪。

曼达又叫："你哭啦！"

"你为什么哭呀？"

"对呀，为什么哭啦？"

有小孩也哭了，说想培育区的老师了。

培育区老师算什么。

张问把他们都搂在怀里："等事情结束了，还会有爸爸妈妈来接你回家的。"

"爸爸妈妈不是 15 岁后才能见得到吗？"

"不是的，爸爸妈妈会一直和孩子在一起的。"

在这些孩子的脑子里，爸爸妈妈是很模糊的样子，是 15 岁后会与他们住在一起的"两个室友"。

张问告诉他们，爸爸妈妈在他们出生时会轮流抱他们，会给他们哼歌，会为了孩子叫什么名字而争执，会考虑给他们学什么特长，会担心他们在自己看不见的地方受欺负，会害怕他们过得很苦，又害怕他们不够独立。

夜深了，流星雨也停止了。张问哄他们进货仓睡觉，继续将车开出去，开向目的地。

道路的上空突然又出现了一道白光，但不是流星——是新的追兵，伴随着直升机的轰鸣，这次是空中和地面两方的追击。

几个孩子被吵醒了，张问将他们的脑袋推回货仓里。

"都抓紧！"

直升机和后方的武装车都搭载了武器。张问控制车辆躲避炮火，但车后轮被扫中，失去了平衡。

曼达可以毁掉机械，但很难对付炮弹。

他们可能躲不掉这场天罗地网了。

张问看向后方的孩子。他们都抱在一起轻声哭泣。

"没事的……没事的……"他一边安慰着他们，一边试图稳住方向盘，"曼达你不要出来，他们这次有武器……曼达呢？！"

曼达不知什么时候爬到了车顶。

他看着闪烁的炮火和追兵车辆，幼小的身躯在颤抖。张问在车里咆哮让他回来，但是就算龟缩在车里，也没有任何作用。

"回来！这次你不管打赢几个都没有小红花了！回来！"

"好烦啊大叔！"

他深深呼吸着，面对追杀而来的一切。

下一秒，空气中刮过一整片无声的电磁风暴。在空气中凝结的电磁如狂风暴雨扫向追兵，在这种强度的电磁下，就连子弹和火炮都失去了动力。

车内的所有人都觉得脸上有毛刺刺的感觉扫过，那是空气里被催生出了百倍电量的缘故；后面的直升机和武装车失去动能，伴随巨响，在撞击中化为火海。

紧接着，张问就看见那个小小的身影从车顶坠向后方。

后视镜里，曼达的身影就像一片落叶，因为能力使用过度而失去意识，从飞驰的货车车顶滚落，淹没在后方不断撞击的巨型车辆与飞机的爆炸之中。

张问一脚刹车死死地踩了下去，他想停车，然后冲回去找孩子；可当他回过头，货箱内剩下的几个孩子都抬着惨白的小脸看着自己——

他咬着牙扭过头，强迫自己重新开动车子，向着前方的荒漠冲进去。火光被他们甩在身后，就像夜里盛开的红花。

12

张问晚上做了个梦。

他梦见培育区被解除了。他们各自领回了自己的孩子。

有人把他的孩子领到跟前，居然是曼达。张问说，不要啊，他孩子应该很乖的，见人就笑嘻嘻。然后曼达跳脚，踢着他的小腿，骂着："谁要你这个恶心大叔做爸爸啊！"

妻子也来了，带着许多零食。她很喜欢吃各种各样的小零食，还会研究拿西瓜皮做减肥甜品。

很难吃。

但是小孩子看见零食，就乖乖喊了妈妈。妻子温柔地抱着他，拉着丈夫张问，一家三口沿着回家的路慢慢往回走。

张问醒过来，他在梦里哭了，眼泪流了满脸，傻呵呵的。车里很安静，孩子们都依偎着他睡着了，有很多人都在睡觉时哭了。

13

因为意外，他们和无人区庇护所的意识联系中断了。现在张问只有靠电子地图的坐标导航，在茫茫沙漠中寻找庇护所。

追兵没有再来。无人区只有依靠卫星定位才能追查行踪。但因为是冬季的大雾时节，卫星很难保证精度。

五天后，他们没有找到标记，车厢里的汽油也用完了。他们带着食物和水徒步往北方寻找庇护所。

有孩子昏倒了，张问背着他走。他现在觉得，这些孩子个个都像是自己的孩子。那时候的人怎么忍心将自己的孩子交给培育所？就因为他们会变成怪物？张问想，变成怪物都无所谓，因为是自己的孩子，因为孩子会无条件地爱着自私的大人们。

张问在沙漠里睡着了。那是徒步的七八天后。他们的水和食物都不够了。张问把自己的水给了他们。

"手拉手到附近玩去，"他说，"但是一定要手拉着手，不要分散。如果有人发现庇护所的暗号，就奖励一朵小红花。"

孩子都围着他不肯走开。张问摆摆手。

"我困啦，我也会很累啦……"他干裂的手掌在孩子的头顶一个个揉过去，"怪大叔要睡一会儿，你们去四处玩，等我睡醒了，我们就一起走。"

孩子们记住他的话，手拉着手在沙漠里走着。半天后，他们在扭曲的日光景色中见到了两个穿绿色斗篷的人。

那是庇护所的巡逻员。因为离庇护所足够近，所以在庇护所内的恶童觉察到了同伴出现在附近。

14

庇护所的巡逻员听从小孩的话，回去找那个"睡着的怪大叔"，但是无论如何都找不到了。金色沙子像被子一样盖在张问的睡床上，让他向很深很深的梦里沉去。

15

庇护所在继续疫苗的研究。参与救援的人不乏社会中的上流人士，他们有一套秘密的资金来源，也有资本想扭转联合安全中心的控制力，所以在联系"黑桃七"团队。

有超能力的孩子源源不断地被救援出来，其中不乏一些非常特殊的超能力，这些超能力对疫苗的研究也提供了非常大的帮助。

两年后，完整的疫苗被成功研发了出来，同时研发出来的还有抑制恶童超强破坏能力的药剂。数个财团联手发布了这个消息，顷刻之间，全球都掀起了轩然大波，联合安全中心被打为反人类组织，成为历史的耻辱标记之一。

"意图以孩子作为人质，保持巨大的社会影响力。"

这就是最后的罪名，控制培育区的国际联合安全中心彻底被解散了，与此相关的人员也受到了应有的惩罚。

然而在此之后，人们经历了持续大半年的关于"培育区留存"的争议，最终，在全世界"多数人类"的要求下，培育区继续存在。

人们还是愿意将孩子送过去，进行全寄宿的教育，只是不同的培育区归属给了不同的财团，也拥有不同的师资和待遇。

孩子可以免费交给培育区抚养十五年，和原来不同的是，父母知道孩子在哪个培育区里了，他们每天有一个小时的视频通话时间。

培育区里也有学习排名，也开放了培育区和培育区之间的互通，优秀学生会转学到更好的培育区，也有更好的前程……

极少数的人痛定思痛，把孩子留在自己身边抚养——但培育区早已把学校或者补课班的存在地位和空间挤压完了，就算是考试也只能在培育区内部进行，不进入培育区生活，孩子根本就不可能有好前途。

"联合安全中心"这个组织和"睡着的怪大叔"一起，永远成为往事。

⊙ END

义难平

文/一个没有感情的写手

「HEDONISM」

我说，你们义人这表面上光鲜亮丽的，背地里居然这样不堪啊。

一

这是一个娱乐至死的时代。

战火连年，遍地恶行，奸佞当道，人心惶惶。

极乱之世。

乱世出英雄。值此天时地利，一大拨英雄出道了。

世称义人。

义人们通常武功高强，在街头卖义，积攒人气；抑或是除暴安良，拍真人秀。而真正的顶流，出演的都是些拯救世界的大制作。

就这样，义人们在粉丝的狂热追捧下打击犯罪，维护着世界和平。

二

君不器，少戏（少木木戏剧学院）毕业高才生，出道两年半，红得发紫，是常年占据微博热搜榜，不是，武功排行榜上前十的高手。

他的人设是一个温润公子，十指不沾血。

他从不杀人，腰间的长剑只是 cos 道具。

他极有分寸，对手戏总是点到为止。粉丝们都夸他人美心善。

但阿义知道，君不器其实谁都打不过。

三

君不器当年刚出道，去横店卖义，手持不锈钢长剑，面对霸天帮帮众时，面上是毫无惧色的。

君不器不屑："你们这群喽啰，还不配和我对戏。"

君不器："所以饶了我吧。"

霸天帮帮众面面相觑，挥刀就上。

就在君不器决定为了区区几千块片酬搭上性命时，路过的阿义出手了。

君不器在一旁观看了其教科书般的动作戏，拳拳到肉。

阿义一人端掉了整个霸天帮。

君不器："你……抢戏的？"

阿义："器哥好，我是公司给您安排的武替，日后还请您多多指教了。"

君不器感动万分。公司居然如此器重他！还给他安排武替！他一个十八线小义人居然也配！

君不器拍着阿义的肩："好！从今以后，咱俩一起逐梦演义圈！"

四

阿义就此成了君不器的武替。

君不器负责装，阿义负责打架。

君不器挽剑花的时候，阿义已经以迅雷不及掩耳之势为他点好了敌人的麻穴。

君不器想剑招的时候，阿义已经暗地里用内力将对手震伤。

君不器剑刺偏的时候，阿义已经一梭子暗器上去。

君不器懒得装时，就说："这种小喽啰，我的跟班就可以搞定。"

君不器的演义事业很快如日中天。

粉丝们歌颂他的武功盖世，加之其剑下留情，多么正能量的一位偶像啊！

君不器和阿义合作融洽，二人感情持续升温。

五

公司安排君不器参演伏魔大会。
君不器和阿义前往剧组。

这是一座小城。
小城西山的山洞中最近出现了一个魔王，隔三岔五就下山来骚扰居民，烧杀抢掠，居民苦不堪言。
幸运的是，以君不器为代表的各大当红义人受到了正义的感召，自发组成了一支伏魔大队，来小城演义。

魔王洞口群英汇聚，为首的君不器神情肃穆。
洞中传来声音："来者何人？报上义名来！"
君不器："在下君不器，来和你对戏。"
洞中："原来是君老师！有失远迎，有失远迎，来来来里边请，我们先一起研究一下剧本……"
君不器和阿义应邀进了洞。一旁的群英都是他的手下败将，都自觉地留在洞口围殴守门的小怪，没人敢抢戏。
魔王："君老师，您素来人美心善，肯定不会对我下杀手对吧？"
君不器："这你放心。还有什么要求尽管提，我指哪打哪。"
魔王："除了脸都 ok。"
君不器："行。"
他又转头低声对阿义道："给他安排上。"
阿义有很多问号："你身为正义的化身，居然和反派串通一气，还指哪打哪？"
君不器："这个就叫专业。"
君不器："Action！"
只见君不器提剑朝魔王的方向一挥，阿义便身形一动，以肉眼无法看见的速度冲向魔王，一顿无影脚将他打趴。
魔王咳血："咳，君老师的剑气果然名不虚传。"
君不器将剑架在他脖子上："晓得错了不？"
魔王配合道："晓得了，晓得了。"
君不器："下次还犯不？"

魔王："不了，不了。"

君不器收起剑："那收工了，合作愉快。"

六

伏魔大会顺利杀青，君不器拯救了整座城的居民，涨了几十万粉丝。

阿义："为什么不杀魔王？"

君不器："人美心善人设不能崩。"

君不器："况且我讨厌杀人。"

阿义冷哼一声："是没那个能力吧。"

君不器无地自容。

阿义叹气："那魔王一脸恶贯满盈相，这样怕是放虎归山。"

君不器忙道："别担心，他和咱们公司签了合同，再作恶的话要支付巨额违约金。"

阿义："什么合同？"

君不器："不然你以为为什么魔王会突然盯上那个小城？"

阿义："是公司干的？"

君不器："嗯，魔王只是炒作的工具罢了。"

阿义："为了捧红你，居然死了那么多人啊……"

君不器："你知道的，公司就是这个德行。"

阿义还想说些什么，被不远处的呼救声打断了。

七

呼救声来自一个小学生，被两个高年级的挡在小巷里，进退两难。

阿义喃喃："路见不平……"

君不器："档期满了。"

阿义："你刚杀青。"

君不器指着两个反派："让我去和两个小孩打架？"

阿义："是啊，很简单的，甚至都不用劳烦我。不用吧？"

君不器："你知道这样会造成多么恶劣的影响吗？"

阿义："多么恶劣？"

君不器："我不要人美心善了？欺负小孩子，传出去会掉粉的！你个职业武替怎么连这个都不懂？"

阿义："可见死不救真的好吗？"

君不器："没这么严重吧？"

阿义："算了，你不出面，我去救他，这样总可以了吧？"

看着阿义撸着袖子奔去的身影，君不器长叹一声。

"你还不了解我？我可是全天下最厌的义人啦。"

八

剧组的庆功宴上。

阿义手撕小龙虾："我说，你们义人这表面上光鲜亮丽的，背地里居然这样不堪啊。"

君不器："你这两年都过去了还没发现？这就是演义圈啊。"

阿义："据说，很久以前，人们把'演义圈'叫作'江湖'，'对戏'是'决斗'，而'义人'，被称为'大侠'。"

阿义："大侠们行侠仗义，不计片酬，没有炒作，没有流量。"

阿义："那是一个情真意切的时代。"

君不器："没办法，时代在进步嘛，义人也挺好听的啊。"

阿义继续撕着小龙虾，一言不发。

九

相传，历史上的第一位影帝——影政，曾收集天下之兵器，聚集到洛杉矶销锋镝，铸以为奥撕卡小金人十二，颁发给历年武功排行榜的第一名，也就顶流。

君不器蝉联奥撕卡影帝多年，今年正好是第十二年。

君不器每年都会把到手的小金人在颁奖典礼上当场熔掉，铸成兵器，当作自己的周边送给粉丝们。

粉丝们："器哥是真的人美心善！"

不知不觉，君不器已经红透半边天，成为影坛常青树。

而这一切，都归功于阿义。

凭阿义的实力，明明可以自己出道，却一直忠心耿耿，甘愿待在自己身后，做个不为人知的武替。

君不器手伸向阿义："走吧，一起去领属于我们的奖。"

阿义笑了，倒也不客气，握住他的手："好啊。"

便一同走过红毯。

十

君不器发表获奖感言。

君不器："我能有今天，第一要感谢粉丝的支持，第二要感谢公司的培养。"

君不器："不过在这里，我还想感谢一个人。"

君不器看了看身后垂手而立的阿义："他是我的……助理。这十二年以来，他一直陪在我的身边，帮了我很多。"

君不器："我有幸能获得这个奖，他也有……一份功劳。"

君不器："我认为，这个奖不只属于我。"

就在这时，一个路人冲上了颁奖台。

路人："你错了。"

路人："把'只'字去掉。"

十一

君不器："你……砸场子的？"

路人拔剑："决斗吧！你个战五渣！小金人是属于我的！"

台下一阵笑声。众所周知，君不器的顶流之位是不可撼动的。

君不器："谁怕谁，送上门的不揍白不揍。"

台下掌声雷动。

君不器瞟了一眼身后，有阿义在呢。瞬间更加底气十足。

君不器："我让你三十招。"

台下又掌声雷动。

只要阿义在，再怎么装都不会翻车。

路人出招了。

朴实无华的一个劈砍，阿义用内力打个哈欠都能把剑弹开。

阿义却始终没有打哈欠。

剑已趋于眼前。

君不器猛然惊觉，堪堪避过。

他向身后望去。

阿义正饶有兴致地看着他。

阿义怎么了？

没时间思考这些。他还有二十九招要接。

这次没有阿义帮他了。

第三十招，路人的剑擦着君不器的脸过去了，差点划到里面的玻尿酸。

君不器奇迹般地活着。不过身上的定制礼服已被划烂。

自从阿义成了他的武替，他从未如此狼狈。

路人："三十招过了。该你了。"

君不器提起剑，咬着牙向路人的方向一挥。

他还在期待着什么。

无事发生。

阿义袖手旁观。

路人大笑："君老师，您的'剑气'哪去了？"

说着举剑刺向君不器。

阿义亲自上场，直接把路人打飞。

这次用的是正常人都能看清的速度。

阿义："他说的对！这个奖，根本就不属于你，而属于我。"

十二

台下一片哗然。

阿义面向观众："各位，你们眼前的这位顶流，其实连一只蚂蚁都踩不死。"

阿义："他这十二年没被别人打死，都是拜我所赐。"

阿义："没想到吧，一向以实力派著称的君老师，竟然请了十二年武替。"

阿义："就是因为有这种义人的存在，演义圈才这么乌烟瘴气。"

阿义掏出一支录音笔。

"这你放心。还有什么要求尽管提，我指哪打哪。"

"行，给他安排上。"

"这个就叫专业。"

"那收工了，合作愉快。"

"人美心善人设不能崩。"

"别担心，他和咱们公司签了合同，再作恶的话要支付巨额违约金。"

"不然你以为为什么魔王会突然盯上那个小城？"

"嗯，魔王只是炒作的工具罢了。"

"路见不平……"

"档期满了。"

台下骂声四起。

人们就是这样，不过是曝出一点演义圈稀松平常的破事，就激愤成这样。

阿义继续播放录音。

"据说，很久以前，人们把'演义圈'叫作'江湖'，'对戏'是'决斗'，而'义人'，被称为'大侠'。"

原来他那时说这话是因为这个原因啊。君不器明白了。

阿义："大家也听到了，我也试图劝阻过他的这种行为，可他愣是不听啊。"

阿义："于是我就想，我不能再助纣为虐了。"

阿义："我得为演义圈清理门户啊。"

阿义指着君不器："三日之后，坏莱坞之巅，我们决一死战。"

十三

君不器冲着经纪人："你早就知道了是不是？！"

经纪人："这个……确实，十二年前就知道了。"

君不器："？？？"

十四

十二年前。

公司签下武学奇才阿义，准备将其培养成顶流。

常规的培养手段，让义人一步步登上武功排行榜前列，成为新的顶流。但这样并不会长久。演义圈的顶流本来就换来换去的，不会被人记住。

阿义值得更好的，更令人震撼的。

蹿红。

他们选了一个——怎么说——傀儡。

一个连蚂蚁都踩不死的义人。

让阿义去做他的武替，将他捧上影坛的巅峰，然后曝出武替的真相，再宣称为演义圈清理门户，将他灭口。

这样一来，阿义就能真正成为正义的化身。

君不器脸色凝重："你们这是要封杀我？"

经纪人："没办法咯。"

经纪人："你只是阿义演义之路的一块跳板而已。"

十五

三日后。坏莱坞之巅。

阿义顶着海拔三百多米的料峭的山风，想起了十二年前的事。

那时公司为了他举行了选秀比赛，挑选合适的傀儡。

擂台上的君不器被揍得很惨，但依旧坚强地冲对手放着狠话："谁再打我谁是我儿子。"

然后就有了一堆儿子。

"这么弱也敢出来当义人啊，嘴还这么欠，不罩着他，说不准哪天就被打死了。"擂台下的选手纷纷叫嚣。

经纪人问他："义哥，您看这个怎么样？"

阿义笑道："够菜，我喜欢。"

于是公司签下了君不器。

阿义就这样伪装了十二年的武替。

如今终于翻身了。

十六

坏莱坞之巅群贤毕至。

擂台下的观众手持应援剑，为阿义加油。

"义哥最牛！"

"给姓君的一点颜色瞧瞧！"

其中也混杂了奇怪的声音："'背信器义'我又嗑到了！"

阿义指间夹着一块强力磁铁，手伸向一边，喝道："剑来！"，身后助理手中的剑便受到召唤，瞬间飞出并稳稳地落在了他手中。

台下叫好声此起彼伏。

真是青出于蓝胜于蓝。君不器想。阿义已深得装的要领。

他闭上眼睛。是啊，经此一役，阿义往后必定会在演义圈有所作为。

可阿义终究也不过是个势利的义人罢了。不是他所说的大侠。

那他和他，又有什么区别？

阿义："前辈，请赐教。"

观众们都等着看阿义教君不器做人。

可是他们都忘了。

君不器那少戏毕业高才生的学历，可不是浪得虚名的。

十七

只见君不器冲阿义打了个响指，雄浑的指力搅动出强劲的掌风，向阿义袭去。

阿义突然口吐鲜血，捂着胸口倒下了。

观众以为阿义自杀了。

君不器神色悲戚，右手还保持着打完响指后比心的样子。

他终于，本色出演了一回。

十八

当初为什么要隐藏实力，因为想试试靠脸吃饭的感觉。

出道半年后被打得太惨，几欲放弃，在与霸天帮的斗争中，本来打算本色出演的，结果被阿义截和。

　　他以为有了阿义，他就再也不需要本色出演了。

　　都是阿义惯的。

　　真怀念和阿义一起逐梦演义圈的日子啊！

　　从今往后，他就要独自一人，仗剑赶通告了呢。

　　十九

　　观众："这……到底谁是谁的武替，器哥是阿义的武替才对吧？"

　　经纪人："欸，器哥！器哥别走啊器哥！求你了，跟咱们公司续约吧！过去的就让它过去吧……"

　　君不器又成了顶流。

　　而天下第二——阿义，就此陨落。

　　毕竟，这是一个娱乐至死的时代。

G END

人类是如何灭绝的

THE
EXTINCTION

人类是如何灭绝的？
说起来怪不好意思的，
是因为我。

文/西海小龙女

ABOUT
THE
AUTHOR

西海小龙女，
头上生犄角，
身后有尾巴。
徒手开脑洞，
深藏功与名。
新浪微博 @ 西海小龙女

西海
小龙女

数据加载中……   78%

加载成功   100%

塞卡

1

　　"人类是如何灭绝的？" 当我五岁的孩子天真无邪地望着我，问出这个问题时，我知道自己的麻烦来了。

　　每个成熟的家庭迟早都会面临这种困境。孩子的好奇心是无穷的，一旦他们掌握了基本的语言，便会发出连珠炮似的提问——"我是怎么来的？""为什么我的尾巴不如别人的长？""我可以养一只蟑螂当宠物吗？"诸如此类。

事实上，我情愿他问这些问题。

我的同胞里的确有很多守旧派，认为孩子不该太早接受某些教育；但我属于开明的那类，我不介意和孩子聊聊生殖问题，以及告诫他"养蟑螂这件事想都别想！"

可他偏偏问的是人类的问题，那是一个在他出生前就灭绝了的物种。

"科普绘本上应该有提吧？"我明知故问。

"没有！"泓睁大眼睛，瞳仁里的蓝色又深邃了一些，"绘本里只讲了恐龙灭绝的原因，很多年前，一颗小行星砸中了地球，导致这些大家伙死光了。人类呢？也是因为小行星吗？"

"似乎是因为瘟疫。"我含糊其词道，"人类本来就很脆弱，在病毒面前不堪一击。"

"瘟疫是怎么产生的？拜托，你可是领航员。"泓继续追问。

"不知道"。我耸了耸肩，"在我登陆地球之前，人类就已经灭绝了。"

泓嘟起嘴走开了，看得出这个答案让他十分沮丧。

人类是如何灭绝的？
说起来怪不好意思的，是因为我。

—— 2 ——

这其实算不上什么久远的故事。大约二十年前，我发现了一颗堪称奇迹的星球——地球。

由于主星瓦塔上的环境太过恶劣，我们被培养成领航员，用于为全体同胞寻找到一个新的家园。

瓦塔是一切诞生之地，但比起家园，我们更愿意称之为"毒窟"。在瓦塔，每年大约有三分之二的新生命会在胚胎阶段就被辐射杀死，侥幸生存下来的那一部分，机体也会受到不同程度的损伤。作为这颗星球上最具智慧的生物，我的种族顽强生存了几千年，祖祖辈辈搞科技，寄希望于通过星球移民来脱离苦海。

我们的科技确实发达了——我的种族发明了超前的模拟系统，可以根据现有的数据完美推演出未来会发生的事。当第一次模拟结束后，警报声响彻了整个大厅。计算机告诉我们，三百年后，瓦塔的生态系统就会全面崩溃。

　　瓦塔星人的平均寿命在一百二十岁左右，三百年实在很短。所以，"精英计划"正式启动，我有幸被选入领航员预备班。

　　我在预备班上度过了枯燥无味的青年时代，业余爱好是开着一架私人飞船出去闲逛。这显然违反了纪律，不过因为我的古鲁诺（瓦塔语，意思是"养育我的亲眷"）是精英计划的首席赞助商，长官们对此向来睁一只眼闭一只眼。

　　直到某天，这艘我继承下来的老飞船出了问题。导航系统失灵后，我与宇宙风暴抗争了很久，最终被卷入深不可测的旋涡中。

　　接下来发生的事只能说是上天眷顾了——当我再度苏醒时，发现自己降落到了一颗陌生的星球上。我拉开舱门，跌跌撞撞地行走在绿莹莹的地表。智能系统飞快运作，告诉我这里的宜居程度高达 238％，并向我解释了何为四季、何为海洋、何为花卉。

　　地球，多美的名字。

　　我花了整整一个下午的时间坐在草坪上发呆，尽情呼吸着甘甜的空气，数着蓬松洁白的云朵。我还遇到了一只活泼的小生物，它应该也有名字，但我不知道，于是只能喊它"狗"。

　　狗摇着尾巴向我扑来了，大声吠着，用它毛茸茸的耳朵蹭我的下巴。我抱着它，我们一同在草浪里快乐地翻滚。没过多久，它的叫声变得微弱起来，我抬起它的脑袋，注视着它黑漆漆的圆眼睛一点点变得浑浊——小家伙莫名其妙地停止了呼吸。

　　不过我的兴致并没有消减太多，我一边和这只死掉的狗一起看夕阳，一边慢吞吞地修理我的飞船。飞船损坏得相当严重，我勉强修好了其他模块，但通信面板与摄像记录仪都差了元件，而我手中只剩下一块电路板。

　　我犹豫了一会儿，选择了修复后者。尽管这样我就无法立刻与母星取得联系，但在我回去公布这个消息之前，我将拥有一段美妙的、独享秘密的时光。

　　没有虫洞的帮助，这次从地球返回瓦塔星，我花费了地球上十二年的时间。母星用对待最高级别囚犯的仪式迎接了我，我这才知道，在我失踪的第二天，大统领便怀疑我叛国，我的古鲁诺替我辩解，被视为同罪，处以死刑后财产被充公。

我本该也有一个悲惨的下场，但是我向他们描绘了那颗星球，还提交了令人信服的影像证据。我宣布"精英计划"可以终止了，因为史上最优秀的领航员圆满完成了他的任务——我的同胞们，很快会有一个新家园。

大统领亲自召见了我，同我商议出征的策略。地球科技落后我们太多，可双方的人数却很悬殊——70亿比4500万。大统领有些头痛该带多少支军队去地球，最后决定把能用的人全部带上，但即使如此，杀掉这么多地球人也并不容易。因此，最高指令明确表示，这不是一场入侵地球的战争，而是两颗星球之间的友好协作。我们将与人类共存，用先进的技术换取生存的空间。

我再次踏上了前往地球的旅程。政府的飞船要快上许多，只用了地球上的三年时间就到达了目的地。我们把飞船悬停在金门大桥上空，用十八种不同的地球语播报来意，然而，没有任何回应。

地球上已经没有人类了。

这就是我为什么一直强调时间的原因——十五年内，一场瘟疫在地球范围内流行，人类连同其他80％的本土物种相继灭绝，化作了这颗星球的养料。

同伴们都在追问我当初做了什么，我无法回答，我和他们一样诧异。紧接着，我想起了那只突然死掉的狗，我突然意识到，对地球而言，我即是瘟疫源头。

因为我来自瓦塔，那颗毒窟。我经过了出生的考验，在污染中成长，但人类没有，他们面对高强度的污染，根本无从抵抗。

我沉默了，每名士兵都沉默了。不战而胜的感觉似乎没那么棒，大家都带着一点做贼心虚的内疚，这种内疚让我们足足沉默了五分钟，才爆发出惊天动地的欢呼声。

长官们迅速跑动起来，有的忙着发通告，有的已经着手安排分批次把瓦塔上的居民接过来，而大统领从怀中掏出了一块沉甸甸的徽章，它闪着银河般的光泽，传闻是用宇宙间最稀有的金属制成的。

大统领庄严地将徽章别在我的胸前。这是一种古老的约定，这枚徽章的主人，将获得瓦塔上每个生命无条件的尊敬。

我双膝弯曲，跪倒在大统领的脚下。他用手摩挲着我的后脑，像一位慈爱的古鲁诺一样，问我："我欠你很多，你还想要什么奖赏？"

"我想要个孩子。"我这样回答他。

3

回忆到这里，我有必要解释一下，瓦塔星人和地球人的生殖系统是截然不同的。

我一直在用"他"做人称代词，但这只是为了方便记录。因为瓦塔星人个体可以自我繁殖，所以我们没有性别之分。关于地球人繁衍的原理，泓长大后向我解释过，但我没懂。

不过，虽然我的种族可以自我繁殖，我却不行。

这是一种先天的缺陷，且并不罕见。拜瓦塔星的恶劣环境所赐，在侥幸存活下来的孩子中，半数都没有生育能力。毫无疑问，这也是我们的人口总数逐年下降的重要原因。

在古鲁诺去世后，我所属的家庭也就此解散。有一阵子，我寂寞得快要疯掉，希望家里能凭空出现一个小孩子，他会在门口迎接我，和我一起进食，听我发牢骚，而我会为他奉献出我的一切。

在我的故乡，想要收养一个孩子，是非常困难的事。

同样是基因变异，有人永远不能生育，而有人生育起来没完没了。有些家伙无法对孩子负责，就把他们成批地扔在路上。为防止这些被抛弃的小生命再被抛弃第二次，政府成立了机构统一养育他们，几乎不会让普通公民插手。

我的古鲁诺是个例外，因为他足够有钱，才领养了我。而我虽然没能继承他的财富，却成了瓦塔的大英雄。我来到福利院，这里到处都是被抛弃的瓦塔孩子，不同年龄段的都有。福利院院长告诉我，如果我愿意，他可以挑选一个外貌、性格都好的孩子，让我带回家养。

我拒绝了他的好意，相反，我选择了泓。

其实跟其他健康的婴儿相比，泓更像是一个非我族类的怪胎。他瘦弱而丑陋，尾巴有严重的畸形，但正是这份弱小打动了我，从他吃力地把小手塞进我手中的那一刻起，我对自己说，我必须要保护这个孩子。

我为他取名"泓"，他有一双湛蓝的大眼睛，令我想起只有地球上才能见到的美丽湖泊。

泓先天发育得太糟，我担心了很久他会不会也落下残疾，但好在随着他一天天长大，那些地方并没有对他的生活产生影响。他是个可爱的孩子，好奇心旺盛，又懂事得早。我作为领航员，经常需要去外星出差，可泓从没有抱怨过我陪伴得不够。我不在家的时候，他就待在家中看书，等我回来再兴高采烈地把最近的所见所闻讲给我听。

泓十岁那年，我出了一趟有史以来最远的远门。我清楚地记得，当我拎着大包小包推开家门时，泓从卧室里跑出来，脆生生地喊我"妈妈"。

------ ⫻ 4 ⫻ ------

我愣住了。只有人类才会提到妈妈——他们有性别，才会有父母。

我下意识想训斥泓，可张开嘴又不知从何说起。最后，我问了一个听上去很蠢的问题："为什么不是爸爸呢？"

泓咧开嘴笑了，他一本正经地解释道，因为小孩不一定是爸爸的小孩，却一定是妈妈的小孩。

这句话堵住了我原本想说的话。泓并不知道他不是我亲生的，我也绝对不想告诉他。

被这种怅惘的情绪所占据，我默许了他继续喊我妈妈。后来听得多了，我居然也觉得这个发音很温情，比拗口的古鲁诺要好上许多。

当然，我特别声明"妈妈"这个称呼只能在家里喊，在外面还是要和大家一样。尽管我们现在生活在地球上，但我们不是地球人，依然要遵循传统。

如果当初我能再敏感一点，追问泓"你是怎么知道'妈妈'这个地球用语的"，继而就能联想到当我不在家时，泓都看了些什么样的书籍，他是不是对人类产生了兴趣。

可惜，我的粗线条让我忽略了这件事。很久之后我才知道，在我毫不知情的情况下，泓去问同学，问老师，还自行查阅了大量资料，只为了解开当年我没能回答他的问题——人类是如何灭绝的？

我说过的，他是个好奇心旺盛的孩子。这份好奇引诱他走进了不该走进的世界，并且一发不可收拾。

十四岁，他上中学时，和几个同伴成立了地球人研究小组，天天泡在图书馆里查资料，想弄清这个种族的生活习性。我拦着他不让他出门，他半夜跳窗户跑了出去。

十九岁，他填报志愿，填完后通知我，他以后肯定是要当考古学家的。我威胁他会断掉供他上学的资金，他就在外面打了半年的工，吃住都没用我一分钱。

二十六岁，他满身泥土，久违地回到了家里，还带回来一块黄色的 M 形招牌。他说这是他辛辛苦苦找到的人类遗迹，是考古学上的重大发现。他像小时候一样抱住我，小声祈求道："妈，你不夸夸我吗？"

我让他滚，说我没有这个孩子。

三十二岁，时隔六年后，泓再次出现在我的面前。他打扮得很得体，心平气和地对我说："在人类史上的瘟疫时期，那些被认为早已灭绝的野生动物又重新出现在了地球上，它们只是躲藏了起来，所以我有充分的理由相信，人类并没有彻底灭绝。我已经组建了一支科考队，接下来，我会去世界各地寻找幸存的人类，我的后半生将为此奋斗。"

我一言不发，已经没有力气再去反对了。

"我一直以来热爱的并不是什么见不得光的事，所以古鲁诺，你能不能告诉我，你为什么要阻止我？你就那么厌恶人类吗？"

这场对话发生在家里，泓没有再喊我妈妈。

为什么？

因为我害怕，害怕他查到真相，发现自己最关心的物种消亡的真正原因。哪怕这段历史被定为最高机密，但只要事情发生过，就有被泓查到的可能。如果他已经知道了，又何必逼我承认呢？

见我拒绝回答，泓叹了口气："我走了。"

"等等。"我叫住他，笨拙地把徽章从衣服上取下来，交到他的手上，"我们毕竟来自瓦塔星，如果去研究人类，有不少同胞会不理解吧？你把这个戴上，他们都不会为难你的。"

泓的眼睛红了，他把徽章攥在手中，最后看了我一眼，然后大步朝门口走去。

那就是我们见的最后一面。

之后的那些年，有关于泓的消息都是我从新闻上听到的，譬如他又登上了哪座高山，潜入了哪片深海，拜访过哪座峡谷。我格外留意他是否真的找到了幸存的人类，但很遗憾，始终没有证据能证明他的猜想。

再后来，他在喜马拉雅山山脉一带彻底失联。据同行的队员说，泓只身进入了一个洞穴，之后便再没出来过。

彼时大统领已经去世了，但我的领航员身份仍然有效。政府出面帮我找了很久，在经过三个月的搜寻后，他们只带回了一枚徽章。

那枚徽章被轻轻放在我的手心里，小小的，凉凉的。直到这一刻我才意识到，泓，我最爱的孩子，就这样死去了。

我的眼泪落在徽章上，又顺着冰凉的金属材料滑落。

他们安慰我，泓至少是死在了追求梦想的道路上。

——※ 1 ※——

二十岁那年，我发现自己是人类。

如果是在二十一世纪，这仅仅是句玩笑话，没人会把它放在心上。可惜现在是二十四世纪，它变成了一颗核弹，一场梦魇，一朵我将带进坟墓中的罪恶之花。

在那之前，我一直以为自己属于瓦塔——那个不远万里从外星移民到地球的种族。我从小生活在一个衣食无忧的家庭中，每次塞卡领着我出门时，大街上的所有公民都会停下手中的动作，对他敬礼。在我的认知里，从未有其他生命享此殊荣。

塞卡很低调，他并不乐意大肆宣扬自己做过什么。但我很轻易地就从邻居和同学的口中拼凑出了事情经过，他们向我投来美慕的目光，对我说："泓，你是英雄之子。"

塞卡不太喜爱这个说法，他更愿意称呼自己为"领航员"，而不是救世主。他的确有着丰富的飞行经验与卓越的驾驶技术，即便不依靠曾经的辉煌，也是个对瓦塔有用的重要角色。为了证明自己，他甚至把那枚惹眼的徽章别在了外衣里层。

我们本该陪伴彼此，快乐地度过一生——如果我没有对人类产生兴趣的话。

现在想来，这其实是来自基因深处的执念，是一个种族仅剩的幸存者发出的求救讯号。当我第一次翻阅绘本，看到图画中和我们既相似又不同的地球人时，大脑中就有一个声音下达了指令：我必须要了解更多。

塞卡是个开明的家长，起初，他只是感到惊讶，但并没有阻止我发展爱好。我试探着叫他妈妈，他也总是应的。正是这份宽容赋予了我自由——除了完成基本课业，我把所有的时间与经历都投入到研究人类上面。很快，我的知识储备量就超过了学校里的任何一个老师。

瓦塔图书馆中专门有一栋楼是人类学馆。除了科技落后，地球人在艺术与文学的造诣上无可比拟，连政府也鼓励大家多多向他们学习。可我翻遍了每个角落，都找不到关于人类灭绝原因的记载，在连文明都可以被完整保存下来的时代，一个几句话就能交代清楚的原因却无人提及，这显然不合常理。

我小时候曾问过塞卡，人类是如何灭绝的。他说不知道，灭绝是在他登陆地球之前的事。后来我知道他在说谎，因为百科全书上明明白白地写着：人类灭绝于初代领航员登陆地球的十五年后。

可我想不明白，塞卡为什么要瞒着我？

那会儿我和他的关系已经非常紧张了。塞卡终于发现我对人类的热爱是认真的，他变得强势起来，明令禁止我继续研究下去。而我正处于叛逆期，他越是阻拦，我越是坚定决心。既然他不肯说实话，我就靠自己的力量去查清楚。

我有一个从小一起长大的玩伴，在我从事考古学后，他成了一名了不起的黑客。我向他透露了自己的想法——瓦塔星人接管地球的方式并不像教科书中写的那般温和，极可能是发动了星际侵略战争。

朋友对此同样很感兴趣，不过他指出我们没有直接证据，空口鉴史是要被判死刑的。

我怂恿他去宇航局的数据库里看一看，只要获得其中一份资料，所有事情都会水落石出。

"你要看谁的？"朋友调试好电子设备。

"我妈。"

……

半晌，他憋不住笑了，像是没料到我会使用这么逗的说法。我们偷偷下载了塞卡的完整履历，又清除了访问记录。当我看到档案上写着的"绝密"二字，我知道自己做对了。

档案的内容完全出乎我的意料。教科书没有粉饰太平，这的确不是侵略战争，但是塞卡一手导致了70亿地球人的消亡，怪不得他不愿意告诉我真相。

我失魂落魄地站起身来，朋友宽慰我别想太多："我们也不是有意的，只能说地球人倒霉，塞卡依然是我们的大英雄。再说了，这都是咱们出生前的事了。"

我突然冒出一句："你比我小，那年我刚出生。"

"哈哈哈，你计较这个干什么？"朋友揪住我的尾巴摇了摇，"你这副样子，难不成还能是地球遗孤啊？"

是啊，我不可能是地球人。我站在镜子前打量着自己，我的眼睛远大于他们的，生殖器官也完全不一样，我还有一条人类绝不会有的尾巴，虽然大多数时候它没什么用。我又想起以前有些流言蜚语，说塞卡根本没有生育能力，我是他捡回来的孩子。

我纠结了很久，最后以塞卡的名义给最权威的检测机构寄去了一份样本，我没告诉他们样本取自于哪儿，只要求与人类的基因进行比对，并对此事绝对保密。出结果的那天，研究员特意致电给我，说最有意思的地方在于吻合的都是隐性性状，而非显性。

"应该是胚胎阶段就变异了。这可是不得了的发现，您能不能让我们保留样本……"

"喂，您还在听吗？"

"喂？"

—— 2 ——

发现真相后的那些年里，我过得很不好。

我的精神状况每况愈下，不得不依靠心理医师和药物续命。

我很少回家，塞卡足够敏锐，我怕他察觉出我的不对劲，让他担心。更何况，我也不知道该怎样面对他。

我的亲生父母，弱小的人类男性与人类女性，他们也是因塞卡而死的吧。

当年，瓦塔人来到了地球，给这里的原住民带来了毁灭性的灾难。大街上到处是尸骨，瓦塔的军队花了很长时间才清理了它们，并在全球范围内搜寻还活着的人类，但是一无所获。鉴于人类自身的适应性很差，瓦塔的科学家们有充足的理由认为，世界上最后一个人类已经死去，便正式宣布物种灭绝。

然而，万事皆有偶然，这个偶然就是我。

尚未脱离母体的我，竟然奇迹般地适应了这种变化。我一天天成长，一天天发生改变——在我出生后，我的外表不像人类的婴孩，反而更趋近于瓦塔人。可怜我的亲生母亲，虽然熬过了瘟疫，却因为生下了这样的怪物难产而死。

父母双亡后，我被认成是瓦塔星人，被送到福利院里，又来到了塞卡的身边。

这仿佛是老天爷开的玩笑——让被害人孤零零地活在刽子手中间，还戴着和他们一模一样的面具。

我憎恨生命的顽强，正是这份顽强带给了我无尽的苦痛。我数次想过寻死，临到动手又下不了决心。

第 N 次自杀失败后，我萌生了一个想法。

我开始质疑，人类灭绝只是瓦塔人的主观臆断。他们的确搜索过，可地球这么大，搜索又不是一平米方一平方米地细致排查，如何肯定没有遗漏呢？洪水来袭时，挪亚造了方舟。人类那么聪明，他们绝不会眼睁睁地看着自己走向灭亡。

况且，既然我可以依靠变异存活下来，说不定其他人也能。

于是我振作起来，组建了一支科考队，随后开始了长达数十年的艰苦旅程。和同胞团聚的念想是我心底永不熄灭的火焰，我的血液因此变得滚烫，身躯温暖而富有力量，双目明亮地直视前方——依靠它们，我踏上了最严寒的土地。

我是无耻的，我一早就下定决心，等到真正发现人类踪迹的那天，我就会抛下队里的同伴独自前行。他们是勇敢的战士，却不是我的同族，我们永远无法对命运感同身受。

探险的第 4742 天，我得到了确切消息：冰川下某处不起眼的洞穴，就是通向人类地下城的入口。我精心挑选了一个坠崖点，支开同行者，在那里留下了破碎的衣物和大量血迹。我想了想，又把徽章取了下来，用衣物包好。多亏了它，这一路才能畅通无阻，塞卡值得养育比我更好的孩子。

做完这一切后，我丢掉身上所有具备攻击性的物品，高举双手，满怀希望地走进洞穴。

塔夏

陈巧巧和我讲，地下城里来了个怪人。

她其实也没有亲眼看见那个场面，只是听说，所以她跟我描述的都是"眼睛占据了整张脸""有两米多高""尾巴又粗又长"这种听起来就特别离谱的话。

"别瞎扯，照你这么说，那不是人。"

陈巧巧一拍巴掌："说对了，他就不是人！"

我出生在地下城里，除了人类只见过鸡。

听说早些年，还有猪、羊、马什么的，但是都吃完了。我问过爸爸，如果鸡也吃完了吃什么，爸爸说还有罐头。我很懂事，便不再追问罐头吃完后吃什么。

听起来确实挺糟的，不过我很乐观。如果你在出生后接受了十一年的死亡教育，你也会变得乐观起来的。

长辈们经常咬牙切齿地回忆那场浩劫——由于外星人在地球上投放了生化病毒，人类没过几年就迎来了灭顶之灾，而后，我们美丽的家园地球，被这群外星人给占领了。

我的爷爷，包括陈巧巧的奶奶，都是当时有头有脸的人物。总之，在人类死绝之前，极少数权贵们拖家带口搬进了地下城中，侥幸躲过了一劫，成了名单上死掉但实际还活着的"黑户"。

外星人没有道德，偏偏有高科技武器。人类打不过，就只能躲，躲到食物耗尽的那天，就真的完蛋了。

原本我呼吸的每一分每一秒，都在为随时完蛋做准备。

——直到这个怪人来了。

后来我也见到了这个怪人，怎么说呢，没有传说中那么吓人，但他长得就是不一样，是那种你一眼看过去就能明白，"巧了这不就是外星人吗"的不一样。

所以地下城的守卫立刻把他抓了起来，群众情绪激动，直呼要当场虐杀他。

外星人语出惊人，说自己和我们一样，也是地球人，是瘟疫中的幸存者。

他变换了好几种语言，每一种都说得磕磕巴巴。好在我们这里也有顶尖的语言大师，两个人连说带比画，终于讲清了事情的经过。外星人还告诉大家，他的名字叫泓。他说自己没有恶意，只是来这里寻找同伴的，他已经寻找了整整二十五年。

我又怀疑他是个骗子。因为从面貌上来看，他好像比我大不了多少，可他说自己已经四十五岁了，除非外星人都这么抗老。

群众情绪依然激动，大家一致认为，虽然他讲的故事挑不出什么错来，但过于离奇，这种离奇让人不安心。现在他闯入了我们的领地，知道了人类最后一个藏身之处，这是一种致命的罪过。

就在守卫举起枪的前一刻，我爸爸站了出来，他现在是这座地下城的统领，所以人们都自觉地为他让路。

泓就这样被请进了办公大厅，他被二十个守卫团团围住，而我爸在隔壁的屋子里向他发起了视频通话，靠这种智慧的方式确保了大家的安全。

这一聊，就聊了一天一夜。谈话结束后，我爸当着全体公民的面，向泓颁发了居民暂住证，并给他安排了一个房间。按照规矩，只要他不离开这里，就能在地下城中随意活动，拥有和其他人相同的权利。

此外，我爸还特意叮嘱我，多去陪陪他，和这名新人类处好关系。

我没什么意见，下了课就去找泓玩耍。刚开始他拘谨得厉害，像新生儿一样，充满好奇地观察着周围的一切，和我说话也小心翼翼的。后来我去得多了，他才放松下来，露出博学又健谈的一面。

他跟我讲外星人的故事，讲领航员与瓦塔星。他也跟我讲人类的故事，讲古代神话和线性代数。陈巧巧揶揄我，问我是不是爱上那个怪物了，随后我就在下一次考试中用泓教我的运算方法压了陈巧巧二十分。

我想，泓是个当之无愧的学者，同时还是一名探险家，这太酷了。

我爸显然也十分关心他的客人。就算政务繁忙，他还是抽出了大量时间，隔三岔五来探访泓。具体谈什么我不知道，但两人的笑容都越来越深。有一次我看见爸爸拍了拍泓的肩膀，说道："小伙子，只要你知无不言，大家迟早会放下戒心接纳你的。"

我听完起了一身鸡皮疙瘩，要知道，我爸比泓还小了两岁，亏他好意思喊人小伙子。

泓是不计较这些的，他脾气好得很，成天怀着一种莫名的内疚感。我觉得他大可不必为瓦塔星人的过错赎罪，他明明也是受害者之一。

"你以后打算怎么办呢？"我问他。

"我会把大家都带到地面上去。"泓坚定而自信，"从我身上提取的抗体可以制成疫苗，保证你们即便去到地面上也不用担心病毒。我会作为牵线人，帮咱们和瓦塔的统领谈判，大家今后和平共处。不用怕，其实他们也不想当侵略者。"

"啊，我不是向着瓦塔说话！"泓飞快地补充了一句，"我一定会为同胞出力的。"

我仔细想了一下，和长尾巴的高大种族共同生活确实有点可怕，不过那样我就不用担心罐头吃完后要吃什么了，这也不失为一个很好、很光明的未来。

我满心欢喜地向爸爸汇报了这个喜讯，没想到，他却激动地甩了我一巴掌，还将我关了禁闭。

我完全无法理解，当初要我亲近泓的是他，现在说不许和泓做朋友的也是他，天底下怎么会有这么不讲道理的家长？

禁闭的第十天，我用发卡撬开了门锁，后半夜偷偷溜进了泓的住处。

他的房中竟还亮着灯，窗户上映出了两个人影，不是泓，瞧着倒像爸爸和他的秘书。我靠近，听到他们在窃窃私语。

"可算结束了。为了套取这点核心科技，这半年来我里外不是人，那帮老家伙们都快把我投下台了！"

"你别听他瞎扯，还什么至尊徽章，其他人都会听他的话？真不知道是在侮辱我，还是侮辱他的母星。"

"哎，你去把研究科的小刘和麦克喊起来，让他俩加个班，趁早把这怪物解剖了。要是一切顺利，在我的任期内，咱们就都能回到地面上去。"

我猛地推开门冲进屋里，泓仰面倒在地上，胸口正中开了一个大洞。鲜血顺着地板的纹路一直流一直流，我这才知道，原来他的血液，和我是同一种颜色。

他死的时候，也没有闭上眼睛。瞳孔里渗出的蓝色，成了我一辈子的噩梦。

| 模拟结束 |

程序即将关闭，请在指示灯熄灭后登出。

塞卡一把扯下电子头盔，大口大口地喘着气。

这是他降落地球的第八个小时，而他刚刚花了四个小时的时间，完成了一场对未来的推演。

连他自己也没想到花费了这么久，计算机对此给出的答复是，由于地球人是迄今为止最富有情感的物种，在模拟过程中不得不增添大量支线，且这些支线的结局随时会因人的情感而改变。

"一共模拟了13469种情况。不过考虑到您的性格与一直以来对生育的渴望，所以优先为您呈现了这种可能。"

塞卡瘫在驾驶座上，他的思绪现在极其混乱。他终于理解为什么培训课上反复强调不要以个人名义调用模拟系统，过于逼真的体验会混淆你的感官，这简直就像……已经过完了一辈子似的。

如果不是他的飞船出了故障，今天本是个轻松遛弯的日子。偶然来到地球后，他的第一反应是狂喜，这颗星球非常宜居，各项条件都适合瓦塔星人全员搬迁，是他们梦寐以求的理想家园。不过很快，塞卡意识到，自己的到来似乎改变了些什么。

刚在地球上遇见的小狗死掉了。塞卡有些难过，内心深处还有隐隐的不安，谨慎起见，他尝试启用了从未用过的程序，想看一看如果同胞们都搬过来，地球会变成什么样子，这里的原住民又该去何从。

那真是一个漫长的故事，还有着最糟糕的结局。

计算机是值得信任的，塞卡无比确定，如果一切发生的话，自己会采取与模拟中一模一样的行动，直至迎来不可逆转的悲剧。好在，现在他提前看了答案，可以通过作弊来避开所有的坏决策。

他开始着手修理飞船，率先恢复了通信系统。

联络上母星是必要的，不但能阻止古鲁诺被他连累而白白丧命，还能帮助大家节省一来一回的时间——谁不想早点过上好日子呢？

塞卡与大统领直接对话，他特别提醒，不用带大规模的杀伤武器来，但要带上处理尸骨的设备，越多越好。

四十年后。

天气微凉，繁星点缀着天幕。塞卡给自己倒了一杯咖啡，坐在露台的沙发上，欣赏着宁静的夜色。

他白天刚参加了一个表彰大会，由于上个月的星际旅程中有重大发现，他挂在胸前的勋章又多了几枚。

当然，无论新添了什么，都抵不上最耀眼的那枚——它代表着永恒的星际传奇，一个英雄领航员的不朽功勋。

瓦塔星人占领地球的第二年，原住民人类彻底灭绝。

楼下传来了小孩子玩闹的声音，塞卡不由得叹了口气。自从古鲁诺去世后，他越发频繁地感到寂寞。

没人知道他放弃了什么。

G END

番外·泓

我的名字叫泓，据说是取自于地球上最清澈的湖泊。这实在是个没有创意的名字，原本我以为，出生在宇宙飞船上的孩子，至少会被命名为"希望"。

从我有记忆起，我们全家已经在太空中流浪了二十年之久了，如果算上我没出生前的日子，时间只会更长。

而流浪的原因，是因为我们无家可归。

父母没少给我讲他们诞生的地方——颗绝无仅有的奇迹星球——地球。只可惜，后来地球被外星殖民者入侵，同时还爆发了瘟疫，人类在极短的时间内就走上了绝路。

只有一个人预感到了这场灾难将要发生，在其他人还在苦苦等待形势好转时，他利用职务之便，偷走一艘飞船逃跑了。当时的航空技术还极其不成熟，只有一个人愿意信任他，跟随他，那便是他的助手——后来，成了他的妻子。

再往下讲，就是一部老爸老妈浪漫史了。不过这不是重点，重点是在我出生之后，我一直渴望重回地球。它是我童年时的梦境，青年时的理想，在可预测的未来里，还会成为我终生的夙愿。

我继承了爸爸的天赋，成了一名优秀的宇航员。但我们父子二人，谁也无法凭借天赋找到其他能落脚的星球，于是我们只能流浪下去，和茫茫星际间的太空垃圾称兄道弟。

从小到大，每次我说出我想回地球时，父母都会坚决阻拦我，理由无非是太危险了。他们声称我是三名幸存者之一，所以有义务珍惜自己的生命。不过，父母没有其他的孩子，所以迟早有一天，我会孤身一人，再然后，我的死亡将标志着人类的彻底灭绝。

如果能死在追求理想的道路上，其实倒也不坏。

上个月，我的父母相继离世。没有了外界的阻拦，我终于下定决心，回去看望"母亲"。

于是我将操纵杆拉到底，向远处那颗蔚蓝的星球全速驶去。

半道大侠

THE KNIGHT-
ERRANT &
THE SCHOLAR

公子你……
精分了。

文/拂罗

ABOUT
THE
AUTHOR

写故事成瘾的学生党，
心里藏着另一重人间，
有俗雅众生、悲欢离合。
微博 @ 说书客 - 拂罗。

拂罗

"公子，你有病啊。"

"你骂我？"

"欸，公子别动粗，注意刀注意刀……依老夫多年行医的经验，你是颅内有病啊。"

"何谓颅内有病？"

"因受刺激，或因曾受重伤，导致公子脑内意识一分为二，发病时变作另外一人。例如，公子自半年前失忆以来，白日是一个人，夜里又是一个人……"

"说人话。"

"公子你……精分了。"

张大侠

三更。

张大侠白衣临风，伏在醉花楼的檐脊上俯瞰京城，他身上已经积了一层薄雪，目标却迟迟没有出现。

大冷天潜伏是个力气活儿，他在等一个飞贼。

飞贼不知姓甚名谁，是通缉榜排得上号的新秀，主要下手范围是京城，堪称最传奇的罪行是偷了灵光寺的一尊玉佛——正是半年前的事儿。张大侠依稀记得，自己失忆前最后一幕，是那飞贼捧着玉佛，诡异地看着自己。

后来他辛辛苦苦追捕多次，对方都靠着好身手从容而退，不可小觑。

话说回来，这贼也忒胆大包天，最近似乎盯上了京兆府里的什么宝贝，频频在这附近打转，李大人的东西也敢下手！

醉花楼的高檐最适合观望京兆府里的一举一动，张大侠早早就登了上来，打算来个守株待兔——

今夜月黑风高，正适合盗窃。

一个采花贼"吭哧吭哧"地爬了上来，抬头瞧见张大侠，口眼歪斜嘿嘿一笑："欸……大兄弟，你也好这口？月黑风高夜，正适合偷窥……"

张大侠抽抽嘴角，一脚把他踹了下去。

采花贼"哎哟喂"一声惨叫，惊动了黑夜里一道鬼祟黑影。黑影抬起脸，面纱上方一双细挑眼眸，朝着张大侠这边眨了眨，随即消失在小巷子里。张大侠连忙追去，却已落下两步，那飞贼简直像一尾鱼，弹指间潜入了黑夜。

两人一追一逃，距离愈拉愈大，京城千百条街巷，如树根复杂盘错，张大侠终于彻底追丢了方向，还不小心惊动了宵禁巡逻的士兵。

"莫跑——"

两个小兵提着灯笼，气喘吁吁地在后面追了两条街，才被他远远地甩开。张大侠回头看看后方，松了口气，身为专业的江湖人，因为宵禁时外出而被逮住，这是界内奇耻大辱，以后基本可以淡圈儿了。

——边疆大小战事频繁，胡汉关系愈发恶化。当朝律法规定，除了重大节日，其他日子一律实行宵禁令。这条律法只对寻常百姓有用，挡不住江湖客向往自由的心，毕竟大白天飞檐走壁上蹿下跳，怪怪的。

世道不景气，这年头各行各业都不容易，文人是，大侠也是。

张大侠感慨一声，翻进自家小院，看见几张未完成的书稿散乱地摊在桌上——这是白天他写的传奇本子，写得不咋样，最近还卡文了，迟早要完。他顺手在纸上写了句话，飞快地爬上床，对燃烛一探指，室内幽微的灯火熄灭，京城千家万户若蛛网，这渺小的光犹如消逝在水里的蜉蝣。

距离破晓就剩两个时辰了，在另一个自己醒来之前，他必须留给这副身子歇息的时间。

大夫说，彻夜不眠，易猝死。

小张书生

破晓。

鸡刚鸣两声半，张书生一下子从床上爬起来，扯过宣纸奋笔疾书。

"原来那贼是盯上了京兆府里的好宝贝，那大侠往西巷追去，只见飞贼已全然丢了踪影，竟像是融化在夜色中一般，怎么也追寻不见……"

之后一片空白，情节迟迟没有进展，又卡文了——没法子，张大侠那边没进展，他也就写不出来。

张书生咬着笔杆子陷入了苦恼，他是以卖文为生的，将夜晚发生的诸事作为基础，加以文采修饰，写成白衣大侠夜晚行侠仗义的故事，在这民心惶惶的世道，看客们很好这一口。最近捉贼的事毫无进展，文自然也是一拖再拖。

这一卷是揭开反派飞贼目的的关键，无数看客眼巴巴地盼着，他这边反而拖了又拖，拖得书商隔两天就来拍门："姓张的，你有本事拖稿你有本事开门哪，我知道你在家！"

张大侠也是倔，非要捉拿这个贼不可，劝都劝不住。张书生扯过桌案上一张宣纸查看，纸上歪歪扭扭地写着一行行的字——分明出自同一双手的字迹，语气却截然不同，这是他和另一个自己自创的交谈方式。

"大侠，在吗？"

"有屁快放。"

"大侠，在下一介微命书生，实在不想招惹江湖纷争，望大侠夜晚出行时千万注意安全。在下今早醒来浑身酸痛，肩上还撞出几处瘀痕，遥想江湖是非多，不禁惶惶不安。您给在下一点薄面，不妨放过那贼，半年前的那件事都过去了。"

"你就是我，我就是你，我不看重自己的面子。"

"大侠，人生在世，该放下就得放下。"

"有仇必报，身为大侠的行业尊严不容侵犯。"

"何谓行业尊严？"

"你不懂。"

"大侠，你，你，你再这样顽固不化、屡教不改……在下就自绝经脉、玉石俱焚，说到做到！"

最下面一行字还散着墨香，写得歪歪扭扭。

"呸，你不敢。"

小张书生被这个"呸"字激得拍案而起，费劲地拎起夜晚自己留下的长剑，"唰"地拔出来对准自己的手腕，僵持了一会儿，又默默地放下。还是自己最了解自己，一来他的确不敢，二来他找不着自绝经脉的"经脉"在哪儿。

院外响起叩门声，张书生心头一紧，完了，书商说再不交书稿就宰了他。

却听这声音敲得很轻缓、很有音律感，让人想起雨落纸伞，而不是往日的战鼓加大嗓门问候，小张书生怀疑敲门的是个女子。

他哆哆嗦嗦地过去开了门，门外果真是名曼妙女子，微笑着对他眨眨眼，眨得书生的心怦怦直跳，连忙一施礼："姑娘来寒舍何事？"

姑娘笑盈盈地提裙迈进来，动作轻缓，俨然是个大家闺秀："公子可是写《大侠传》的那位？奴家拜读大作，仰慕不已，特来拜访公子。"

张书生脸上微烫："姑娘芳名？"

"惊蛰。"

"姑娘眉眼，不知怎的竟觉得似曾相识。"

惊蛰姑娘笑了笑，她进了屋，好奇地望着屋里的笔墨纸砚，张书生一见好看的姑娘就舌头打结，由着她转来转去说不出一句话。最后姑娘笑盈盈地捏起桌案上的《大侠传》原稿："奴家想看看，公子不介意吧？"

"不介意不介意……"

她从容地看了一会儿，目光缓缓扫过"京兆府"这个词时，细挑的眉眼不易察觉地跳了跳，随即勾起一抹笑意。

这位惊蛰姑娘只停留了一会儿，便施施然告辞，她挥挥玉手，留下一片余香。

张书生目送倩影离去，痴痴地愣了片刻，回到桌案前提起笔，忽然发现有些不对劲。

他哗啦啦翻了又翻，文稿一片空白，被人调包了！

小张书生差点惊掉了下巴，连忙追出门去，惊蛰姑娘早已无影无踪，他调头撒丫子往官府跑，差点撞上登门催稿的书商："稿子呢？"

"说来您可能不信，稿子被一个漂亮姑娘给偷了……"张书生想了想女贼的面容，笃定地点点头，"漂亮姑娘。"

书商仰天怒吼："好你个姓张的，为了拖稿你啥理由都想得出来——"

京城的街坊层楼落了一层清白的雪，不大冷，眼看还有七天就到元旦，衙门里俨然一片怠慢之气，小吏懒洋洋地跟着张书生回去查案，嘟嘟囔囔："这世道，偷啥不好，居然还有偷文稿的。"

"您要给在下做主啊，在下一介微命书生……"

在小张书生眼巴巴的注视下，小吏慢悠悠地在房里逛了几圈，东翻翻西找找，他本来也没抱啥破案的希望，一个穷书生丢了几张纸，这也算是案子？七天后早早回家过节才是大事。

小吏哼着小曲儿，顺手打开一处不起眼的木柜子。

他猝然睁大了眼睛。

里面放着一尊价值连城的玉佛！

张大侠

半年前在灵光寺失踪的玉佛，在一个穷书生家的柜子里被找出来，此案立刻惊动了官府。穷书生被当场擒下，得到了等同江湖大盗的地牢待遇，坐等砍头。

张大侠憋着一肚子火气，坐在一团脏乱的稻草上，地牢里火烛跳动，依稀映出灰土上用手指划出的字。

"在下不想死在牢里，我不知道佛像是从哪儿冒出来的，真的什么也不知道，在下死了《大侠传》就没有结局了……"

"那女子进来的时候，你可有发现不对劲？"

"啊对，那姑娘似乎肩膀略宽。"

张大侠紧紧皱眉，死死盯住张书生白天里留下的一行字，他满腔怒气，重重地写下"哪有姑娘家脸不红心不跳地横闯陌生男子的居处？那宽肩膀姑娘是那飞贼扮的！"

震怒之下他很想掐死另一个自己，但又不想被当作畏罪自杀，只好默念了三遍"横竖都是我，愤怒使人丑陋"将火气给压了下来，恢复了高深莫测的冷漠神情。过道里有一人提灯渐渐走近，在牢门前停下，青幽的灯光晕染出那人细挑的眉眼，是个清秀的瘦高男子。

"张大侠，怎么我还没进大牢，你反而先进去了？"

张大侠冷笑："某人扮女装用偷来的玉佛栽赃陷害，手段着实恶劣。"

"话别说得太早啊，大侠，这尊玉佛跟你我都脱不开干系，你其实也不光彩。"对方倒也不生气，自来熟地笑，仿佛是与他相识多年的老友，"半年前的事我都知道，只要你答应帮我办个事，我把一切都告诉你。"

他压低了嗓音："你且信我，我既然有办法让你进大牢，就有办法让你出去。"

"怎么，要劫法场？"

"那戏多俗，咱们不这么玩。"对方摇头，神秘兮兮地凑过来，"我上面有人，只要你帮忙，我就捞你出去。"

"我向来不助纣为虐。"张大侠继续冷笑，"做梦。"

"好！张大侠果真侠肝义胆，刚正不阿。"对方拊掌笑，清脆的掌音在幽暗的烛光里沉沉落下，"善意提示，天亮了，另一位请睁眼。"

小张书生

"我上面有人，只要你帮忙，我就捞你出去。"

对方一个字儿都没改。

小张书生慎重地想了想，当然还是自己的命最重要，就这么背负着偷玉佛的罪名被问斩，太惨了，他不想这么死。

"敢问这位，这位……呃，这位好汉，那事儿可是抢劫？"

"不是。"

"可是杀人越货？"

"不是。"

小张书生有点说不出话了，他咽了口唾沫，缓缓地问："那……是什么？"

对方在黑暗里低低地笑，沉沉传来的嗓音无比郑重，掷地有声："咱们要做一桩义举，能救国的大义举。"

张书生想不明白飞贼能做出什么救国的大事，何况他还用一尊玉佛把自己给栽赃进了牢狱，肯定不是什么好人，但他实在不想惨兮兮地冤死。

张书生慎重地慢慢点了点头，鼓起勇气说道："一旦……一旦在下发现，你做的是大逆不道之事，在下一定会尽全力阻拦你。"

"可以。"对方起身往大牢外走去，"今日黄昏，自有人来救你。"

"在下如何称呼你？"

"惊蛰。"青灯随男子的步伐摇曳，他微微一停，补充道，"我真的叫惊蛰。"

醉花楼姑娘的艺名都没他的媚，小张书生默默地想。

惊蛰说到做到，真的轻轻松松把他给捞了出来，张书生一步步从死牢里迈出来，仰头呼吸沁凉的空气，顿时满面泪水，经历生死一线后，这时才愈发觉得天光明朗。此事似乎十分紧急，惊蛰直接牵来两匹高头大马，二人纵马急急穿越市井，来到了贼子最不应该来的地方——京都按察司。

小张书生："壮士你……来自首？"

"不，当今按察使，那位有明察秋毫之称的杜大人，"惊蛰伸出手指，微笑着指指上头，"正是花了大笔银子雇我的'上头人'。"

江湖飞贼与判案清官，传奇话本子都不敢这么写。

小张书生这辈子没进过如此巍峨的官家重地，他战战兢兢地下了马，寸步不离地跟在惊蛰身后，亦步亦趋地走上了石台阶。刚迈进大殿，就看见长桌上摊了长卷，上面画着京城如蛛网般错落交织的格局，其中某一处被重重画了个圈。

一位身着襕衫的年轻官员静静站在旁边，手里还拿着一沓宣纸正读，应该就是当今的按察使。

小张书生还算识相，当机立断地就要拜下去，被杜大人喝住："不必了，速来分析。"

分析啥？

小张书生一脸茫然地被惊蛰拽到了长卷前，画圈之处居然是京兆府，还多角度地精确分析了京兆府多处入口。他微微一愣，冷汗滴了下来，完了，官贼勾结的秘密被他撞见了，这次要是不帮忙，活着走出按察司怕是困难了。

惊蛰轻描淡写道："来，指出最适合潜入京兆府的位置，咱们要进去取个东西。"

张书生惶恐："在下只是一介书生，怎么可能擅长潜入之事……"

"你在书里可不是这么写的，你分析得不是很好吗？本官都怕本次行动被你泄密，特意让惊蛰把文盗了来。"按察使大人清了清嗓，不急不缓地念，"'原来那贼是盯上了京兆府里的好宝贝……'"

张书生痛苦地闭上眼睛，自己的文被当众念出来，这太羞耻了。

"你分析得不错，我们的确盯上了京兆尹手里一样东西，接下来我说的话，都是机密。"杜大人盯着张书生，一字一顿，"我要你们进去，盗出一张关口地图。"

"一个月前我们按察司发现，京兆尹李大人与胡人有秘密来往，还雇人绘制了一张军机要地关口的地形图，打算伺机献给胡人。时间应该便是元旦前后，这个时段取消宵禁，是每年一度最热闹的时辰。"

"私绘地图和卖国，可是大罪！"张书生诧异出声。

"对，近来胡汉频频发生冲突，战事不绝，但毕竟都是损失不多的小战役，一旦胡人打通了关口，直奔中原腹地而来，局势便完全不同。"杜大人眸中仿佛燃起火焰，"李大人权利甚大，本官也无法直接干涉调查，只好出此下策，先让二位把图盗来，免得演变成一场大战役。"

他的话音铿锵有力，殿内漫开肃杀的气氛，张书生终于明白了何谓"救国大事"，他心中顿时腾起一股为国为民的热血，缓缓地向长卷走去，望向复杂的图纸。

看了一眼之后，张书生顿感头疼："这，这门怎么这么多……"

"我相信你。"沉默了许久的惊蛰忽然开口。

"你相信我也没有用啊……"张书生揉着额头，"我自己都不相信我自己，总骂自己废物。"

"你骂你自己？"杜大人疑惑。

"对。"

杜大人："……"

"咳，那个，他半年前失忆过，精分了。"惊蛰轻咳。

张大侠

"……精分了。"

张大侠醒来的时候，只听见惊蛰说的这最后三个字。

他脸色阴沉，上前一步，伸手就要掐住惊蛰的喉咙，惊蛰连忙往后闪了一步，嚷道："此地是按察司，不得行凶！"

张大侠冷哼一声："害我变成如此的罪魁祸首，居然还好意思提行凶。"

"我真不是，你误会了，你听我说……"

"不听。"

杜大人额上青筋跳了跳，这两人毕竟是江湖之人，一点官家礼数也不懂，倒还不如方才那软弱书生，他恼喝一声："别吵了，办事！"

"行，既然大人信任我，我必定会鼎力去办。"张大侠松开惊蛰，不忘冷冷地剜了他一眼，转过身自顾自地分析起图纸来。他神情专注，殿内两人也未去打扰他，只是极有耐心地等待着。

殿内沉寂半晌，张大侠忽然捉了笔，划下一条路："此处防守薄弱，易攻难守，或许可行！"

另外两人为之一振，杜大人目光锐利，仿佛要穿透纸背看穿整个京兆府："此番胜算多少？"

"三成。"张大侠伸出三根手指，"夜入官家重地，就这么多，大人还要回答我一个问题。"

"问。"

"京兆尹毕竟身居高位，享尽荣华富贵，如今却要卖机密地图给异族，惹来国祸，动机何在？"

"如何尹京者，迁次不逡巡。请君屈指数，十年十五人。"杜大人低低一笑，"十年足足换了十五任，京兆尹看似风光，实际上水深如沼，一步走错万劫不复。你觉得李大人他为何忽然要卖国？"

旁边惊蛰思绪敏捷，细细一寻思，惊诧道："他必是得罪了人，深知自己混不下去，不惜去卖胡人一个人情，日后胡人入关，少不了他的好处！这等心思……"

事态紧急不容再磨蹭，张大侠眉头纠在一起，他点点头，大步往殿外走，惊蛰两步跟了上去。杜大人目送二人，郑重一抱拳："国土危在旦夕，全凭二位了。"

此时已是宵禁时辰，整个京城陷入了沉睡般的寂静，按察司考虑得很周到，特意给他们准备了两块通行令牌，免得被官兵找麻烦。惊蛰正要翻身上马，忽然被张大侠揪住衣襟，他一抬头，对方目光深沉："玉佛之事日后再算账，先把半年前发生之事如实告诉我。"

"咱们现在是一条船上的，别动手嘛。"他笑了笑，劈手向张大侠双目戳去，对方退步一闪，放开了他。惊蛰飞快地上马，语气满怀感情："此处离京兆府有一段路，我在路上跟你说，这故事很长，你准备好听我娓娓道来了吗？"

"没有，有屁快放。"

两匹快马在寂静的京城里比肩行去，踏破夜里新结的薄冰。

一段故事

远离京城的某座不知名城邑中，有两个武功高强的飞贼，强调一下，他俩是彼此唯一的好友，一起拼过命的那种。

这两贼起初只在城邑里转悠，过着悠闲快活的生活，胸无大志，后来世道一夜之间大变，胡人提刀骑马闯入了城门，杀人放火之事都做了个遍，一座好端端的城池就这么沦陷了，百姓也在一夜间沦为了战乱流民。

老家已经待不下去了，这两贼还算是有点胆识，拍掌一合计，哪最繁华？

京城最繁华，咱俩就去京城发展吧。

他们俩遥遥来到了京城，初来乍到就瞄上了一个大目标——灵光寺的一尊玉佛像，寻常百姓几辈子赚的银两都不及一尊宝贝值钱，这波不亏。

于是两个贼合计好天时地利，终于在一个月黑风高的夜里动手了。他们顺利潜入灵光寺，一个和尚都没吵醒，最后在藏宝塔的一个匣子里找到了玉佛，两个贼可高兴坏了，其中一个粗心大意伸手就去拿，却不知道匣子里还设了一处机关……

这机关啊，是朝廷新研制出来的玩意儿，把杂耍的黑火药缠在箭上，一发动就能燃着火向人射去，那贼被同伴拽了一把，捡回一条小命，却没想到灵光寺的藏宝塔年久失修，不过是梁上中支箭，就轰的一声塌了下来，整座塔火光冲天。

两个贼吓得拔腿就跑，一个贼没啥事，另一个却被砸在了废墟里，他的同伴很讲义气，折回去把他给救了出来。可惜人是救出来了，却被砸出了事儿——

张大侠

惊蛰不说了。

"什么事？然后发生了什么？"张大侠问道。

惊蛰一拽缰绳，对着前方森严的建筑一扬下巴："京兆府到了，且听下回分解。"

张大侠大怒。

"这活儿太危险。"惊蛰笑，"你要是想听完整，就得让我活着从京兆府出去，可别半路把我丢下。"

明天便是元旦，京兆府里灯火通明，守卫们的心早已飞回了家，打着哈欠守夜。二人无声地翻上墙头，在错落的殿檐上夜行，七拐八绕地寻找潜入的空隙。京兆府四处都安插了守卫，可谓戒备森严，甚至出现短短一条过道安排了五六个守卫的情况。

惊蛰望着路过侍女的服饰，这衣料，这材质，他一声感慨："贫穷限制了我的想象。"

张大侠沉默了一会儿，忽然开口："回去吧。"

惊蛰诧异地看着他。

"现在绝非下手的好时机，戒备太严，估计连按察司一队精兵都硬闯不进去，何况是我们。"张大侠的语气和夜风一样冷，"如此一来被抓住不说，还打草惊蛇了。"

惊蛰不甘心："你分明说还有三成，咱们就这么一无所获地回去，多丢脸。"

"现在连三成都没有了，我向来不要面子，更不在乎你的面子。"张大侠径自转身，他抬起头，望着远方的天色，"而且，快要破晓了。"

小张书生

按察司大殿内的气氛沉重。

小张书生站在惊蛰旁边，战战兢兢地打量着杜大人阴恻恻的脸色。

杜大人一掌拍在长桌上，吓得他一哆嗦："三成！连三成希望都丢了？你们就这样直接回来了？"

"我相信他的判断，打草惊蛇的下场更不妙。"惊蛰摇头，"我们还有一次行动机会，那就是趁他们交接的时候下手，现在不是发怒的时候，杜大人这边可有确切的分析？"

他的语气很冷静，微微浇灭按察使的一腔怒火，杜大人冷着脸将目光返回图纸上："还有一天就是元旦，到时来京城的不光是外地百姓，还有住在中原的胡人。若李大人想交接地图，必定是挑最热闹的时辰，神不知鬼不觉地完成交接，应该就是元旦当天了。"

杜大人拿起两个小小的土偶，放在图纸上京兆府的位置："李大人手下有两位亲信下属，以他多虑的性格，交接人选必定是他们其中一位，目前尚不能确定是谁，你们有何看法？"

"守在京兆府附近，盯住他们俩。"惊蛰道。

"到时京兆府必定人来人往，万一出了什么差池，岂不是错失机会？"杜大人寸步不让。

张书生弱弱地插话："京兆府的人？他们叫什么啊……"

"闻谦，王达。"

"闻谦？"张书生眼前一亮，缓缓开口，"在下……认识闻谦的女儿，叫巧儿，小丫头特别喜欢看在下写的话本，每个月她都要在下上门送新文……"

这话犹如石子投湖，旁边两人露出诧异的表情，随后大喜，惊蛰重重按住他的肩膀："快，快拿上你的文稿去找巧儿，她肯定知道她爹爹明日是否会出去交接！"

"可，可套话是不道德的，古书云'不可欺妇孺'……"张书生退后半步，结结巴巴道，"况且在下这个月的文稿还没写完呢……"

　　"写！"张书生还没说完，杜大人忽然把一支笔横在他鼻尖前，"现在就写！"

　　大殿里只有宣纸沙沙作响的声音，左边京城按察使为他磨墨，右边悬赏榜知名飞贼为他整理书稿，这待遇，怕是只有皇上才能享受到。小张书生此时来不及细品这种受宠若惊的感觉，因为他已经想破了头。

　　这是他文人生涯里最凶残的一次被催稿的经历，天道好轮回，前些天拖延的文稿，如今都是他流下的涕泪。

　　"写完了……"小张书生搁笔长吁一声，"在下写得头眼昏花，可否歇息片刻？"

　　"不可。"惊蛰一把将他拽起来，往殿外一推，"快拿着稿子找巧儿去，快点！"

　　"你你你……在下问你，为何你对白天的在下和对晚上的在下，态度不一？"

　　"柿子要挑软的捏啊。"

　　"在下晚上一定会报复回来的！"小张书生悲愤地瞪了他一眼，跑了。

　　杜大人紧绷的脸上露出一瞬的笑容，随即立刻恢复了严肃，他轻咳一声，将目光落在京城格局的图纸之上，两个土偶依然呆呆地立在上面。

　　京城有千百条街坊，纵横如棋盘，操盘者向来不是仙人，而是权贵，权贵们轻飘飘投下两三枚黑白子，这座繁华的城即刻天翻地覆，风波暗涌。

　　时辰一点一滴地过去，小张书生去了许久，终于不负众望地赶了回来，他气喘吁吁地推开殿门："巧儿说，她爹爹明晚要出门办事——"

　　杜大人与惊蛰对视一眼："交接之人就是他！"

张大侠

　　元旦当夜。

　　京城全面撤了宵禁，每条街巷都张灯结彩，整个京城一片通明灯火。张大侠与惊蛰穿梭在人群中，保持不近不远的距离尾随闻谦。

　　惊蛰在脸上抹了胭脂水粉，扮作漂亮女子的模样，与张大侠俨然一对恩爱夫妇。张大侠打了个喷嚏，嫌弃道："少抹点那玩意儿。"

"夫君莫要这样嘛。"惊蛰娇滴滴道，恶心得张大侠一哆嗦，"夫君我要买那个……"

张大侠面无表情："买。"

"夫君，这个扳指真好看……"

张大侠头冒黑线："买。"

"夫君夫君，给咱家娃儿买点蔗糖吃……"

张大侠忍无可忍："再买剁手！"

"嘤。"

四周百姓一惊，纷纷投来鄙夷的目光：过节不给娘子买买买，不是个好男人。

张大侠决定日后把这笔账跟玉佛一起结算，他求生欲强烈，挤出个不好看的笑容："娘子，咱们去前面看看。"

闻谦在前方一处胡人汉子的摊位前停下，那汉子笑面如弥勒佛，眼底却有一抹塞外胡骑的戾气，笑呵呵地操着一口官话问道："客官买点儿什么？"

"我要胡刀一把。"

汉子会意，目光闪烁："客官做什么用？"

"雕龙多了一爪，要用胡刀斩去。"

胡人汉子从摊上抓起一把胡刀递过去，闻谦面色如常地从袖下拿出装银两的纸包，二人表面上进行了一场寻常买卖，闻谦转身离去。张大侠目光锐利，看出他袖袍下的手指微微发抖。

那胡人坐不住了，已经开始收摊，张大侠悠悠闲闲地走过去，装作随口一问："小哥，这个怎么卖？"

胡人只好停下动作，赔着笑招待。

惊蛰则装作嬉笑的姑娘，提裙小跑着路过胡人身后。他看准时机，在他探出手的瞬间，那胡人却鬼使神差地要回头瞅一眼，张大侠连忙急急抓起一个杯盏摔在地上："哎呀，在下一时手滑，对不起对不起……"

在胡人回过头来的时候，惊蛰已与他擦肩而过，伸手迅速地交换了纸包，若无其事地笑着跑远了。

"天灵保佑，碎碎平安，不用赔不用赔。"胡人笑眯眯地挥挥手，等这位不识相的客人走远，他连忙收拾铺子，消失在灯火通明的市井中。

张大侠与惊蛰在小巷子里碰头，惊蛰笑吟吟地一扬手里的纸包，解开细线，他把碎银子揣进自己怀里，小心翼翼地在地上铺开纸张——这张纸才是此行的目的。

"想不到你我合作得这么好。"张大侠蹲在旁边，表情有些复杂，他一向不与盗贼为伍，第一次同流合污就这么完美，自己身为侠客的职业道德仿佛受到了质疑。

"上回的故事还没跟你说完呢。"惊蛰抹了一把汗，把胭脂水粉给抹了下去，"你想知道那两个贼是谁吗？那就是……"

惊蛰不说话了。

他顺着惊蛰震惊的目光望去，看见地上铺的是一张白纸，顿时一同震惊起来。

"怎么回事，押错了宝？"

"不会。"

张大侠忽然想起什么，他抓起纸往灯火通明处一扬，纸上依稀显出凹凸不平的干涸水痕，显然是动过手脚："快去找火烛来！"

原来这图是用白醋勾勒，经火一烤，焦褐的笔迹便缓缓地显了出来。

惊蛰松了口气："你怎么忽然想起这一手的？"

"我用过。"张大侠眼也不抬，"白天书生写的玩意唠唠叨叨，惹人烦，我身为大侠，也不好跟他一般计较。"

"所以呢？横竖都是你，你计较个什么劲。"

"所以我用墨写完留言之后，就蘸白醋写字骂他。"

"……"

这纸上正是关口地形图，一山一川，细致无比，京兆尹卖国之心可鉴。

但是感觉哪里怪怪的，这图……只有半张！

一波三折，还能这么玩？两人再次震惊。

张大侠想了想："咱们想漏了一件事，京兆尹老奸巨猾，他是把图一分为二，错开时辰，分别让闻谦和王达交接，就算出了什么意外，胡人得了半张图，也作用不浅。"

"关键是，京城这么大，咱们如何再得到王达的行踪？"

二人头碰头地蹲在一起，沉默了一会儿之后，惊蛰沉痛地缓缓开口："为了家，为了国，我便……出卖我自己吧。今夜过节，也是巡逻兵力最密集的时候，我要是扬言要干掉王达那小子，他们肯定满城找王达，官兵情报最快。"

张大侠怔怔抬起头："你对国爱得这么深沉？"

"不是，胡人半年前放火烧了我的家乡。"惊蛰一改形象，恶狠狠地啐了一口。他不等张大侠回话，径自蹿了出去，三步并做两步登上一处高檐，临风站在灯火最亮的地方，这一刻他仿佛是夜空中最亮的星，无数百姓仰起头，诧异地看着他。

惊蛰把家乡的深仇大恨全转移在王达身上，仰头怒吼，气吞山河："王达，今夜不杀你，难解我心头之恨——"

巡逻官兵认出了这张在通缉榜上十分出名的脸，连忙提枪追去，惊蛰敏捷地一闪身，消失在错落的高檐间。

王达是京兆尹手下的红人，若他今晚就在众目睽睽之下被干掉，城中金吾卫的麻烦可就大了。官兵自有通信之法，很快便找到目标，集中向北市涌去，张大侠连忙飞身追上，七拐八绕，果然在北市发现了一脸惊恐的王达。

　　百姓们惊呼着纷纷避让，王达手里还紧握着剩下半张图纸，他一见无数官兵朝自己涌来，误以为卖国之事泄露，一下软了腿脚，果断地快步往杂耍艺人的火盆跑去，将图纸扔进火盆里。

　　惊蛰自檐上掠下，踩过几个官兵的头盔，一把扯住王达。电光石火间他心生一计，忍着灼痛劈手把半张图抢出，与另半张图一同强塞入对方手中，低低一笑："王大人，可别忘了京兆尹给的东西，你这卖国贼——"

　　王达不知所措，打着哆嗦将图扔下，两张图随夜风飘转至众人脚下，一侍卫好奇拾起，瞳孔骤缩："这是……"

　　官兵如潮水，已将他们围起。

　　惊蛰仍然死死地拽着王达，犹如拎着一只兔子，他缓缓地看着四周——都是官兵，可谓插翅难飞，这在他的贼生里倒是第一次，也是最后一次。

　　胆大的百姓们翘首瞧着这场擒贼闹剧，议论纷纷，张大侠拨开百姓跑过去，两个官兵要横杆阻拦，被他一手抓住一杆掀翻在地："跑！"

　　"我逃不掉了，可我不想被寻常官兵捉住。"惊蛰缓缓地抬起头，脸上脂粉糊乱，笑得凄惨，"你是大侠，被你捉住才够面子，来吧。"

　　张大侠愣住了，他想起江湖里的规矩，似乎向来都是大侠擒了作恶多端的飞贼，他半年来与这飞贼你追我赶，如今朝思暮想的结局就在当下，而且，要由他亲手来结束。

　　张大侠缓缓地拔出剑。

　　他转身对准了众官兵。

　　"新结局，大侠叛变了，大侠本是另一个贼，被着火的梁砸中，失忆了，对吗？"

　　新的后续，大侠没有万人敌的王霸之气，与飞贼一同蹲了大牢。

　　惊蛰："莫慌，我上面有人。"

结局

　　这一年的元旦热热闹闹地过去了，除去少数人，谁也不知道灯花下曾掀起过一场暗涌。两张薄薄的图纸在朝堂搅起轩然大波——当今京兆尹里通外国，私绘关口地图献给胡人。圣上震怒，当即下令将京兆尹投入死牢，择日处斩。

案宗里记载，起因是两个贼见财起意，公然抢劫京兆尹的心腹下属，被巡逻的金吾卫当场擒下，无意中牵扯出地图之事，揭开了一场惊天的卖国案。

"啧，金吾卫那边真是横飞来的一场功劳。"年轻的按察使在殿里歇息，他端着茶杯，喝下一大口以压下心头不满。殿外一探子匆匆忙忙飞奔而来："报，那两个江湖人被投入大牢——"

"将功抵罪，赦。"按察使一挥手。

谁也不会在意这两个扯出大案的小棋子，他年史册上若有记载，作为开端，也不过是寥寥一句"两个江湖人"，他通读史略，对此非常确信。

说到底，这是他们朝堂的事，终究与江湖人没有关系。

但无论是朝堂人，或是江湖人，都始终怀揣着同一个信念。

这是他们汉人的泱泱家国。

小张书生

张书生与惊蛰一同在朗朗天光下走出大牢，京城繁华如初。

"终于结束了，不容易不容易。"张书生摇头晃脑，"哎呀呀，真是'事了拂衣去，深藏身与名'。对了，两个贼的故事，在下还有一点不了解。"

"既然好汉你叫惊蛰，那当初在下叫什么名字？"

惊蛰与他并肩走进熙攘的闹市，似笑非笑："其实你叫白露。"

"这这这……真的假的？你不觉得咱们的名字很像醉花楼的两个头牌吗？"小张书生震惊地跳开两步，指着他。

惊蛰无情地回道："不服？我说是就是。"

小张书生戾了，在他身边嘟嘟囔囔。

"你等着，在下晚上一定会报复回来……"

"奉陪。"

Ⓖ END

给我来个光环

我叫路仁，一百零八线小明星，颜值路人，演技路人，家境路人，总结来说，路人本人。

文/穆戈

ABOUT THE AUTHOR

上辈子是鱼，
投胎时不小心劈了档，
于是长了腿，
愿望鱼界和平大富大贵！

穆戈

01

我叫路仁，一百零八线小明星，颜值路人，演技路人，家境路人，名字听着也像路人，总结来说，路人本人。

因为在同时期的几个大热剧中都出演了被广告牌砸中的路人，我受到了一些网友的关注和调侃，于是成功挤上了一百零八线。

当初挖掘我的导演说我被砸的反应演得很好，是个可砸之材，于是我就上道了，成了影视剧里专业的被砸路人。

然后……

就没然后了。

毕竟也没那么多剧需要被砸的路人。

02

今天又收到了这位导演的消息，让我去面试角色，真是喜从天降，我已经五个月没接到活了。

导演瞧见我，认了半天，才"噢"了一声，你也来了啊，成吧，跟着吧。

这个剧的试镜班底，老牌有，新人也有，但是有个共性——都不火。

一个靠网剧出圈，又因为直播事故沉寂了的鲜肉小生抱怨道："怎么都是些炮灰。"

助理说也不算都是炮灰，朱绝都来了，人可是拿过国际电影奖的。

那鲜肉道："不就是个在国外混不下去的老腊肉，回了国都没好资源。"

我偷瞄了一眼朱绝，发现他一派坦然。不愧是演惯了主角的人，虎落了平阳也还是只虎，不像我，到哪里都犬，还犬得安详。

朱绝出道早，拿过不少国际大奖，本来应该是个前途无量的演员，但是前年不知为何，他的一部冲奖影片被意外除名，所有的国外媒体也都不再报道有关他的任何内容。无奈之下只能回国发展，但国内适合他的剧本不多，有的他也看不上，久而久之就没资源了。

再看其他人，有红极一时但因为作风问题被雪藏了的女星；有演了爆款剧但因为家暴风波销声匿迹了的男星；还有刚入圈演了一堆炮灰角色的新晋演员和入行十多年，却戏红人不红的老牌演员。

这么一看，就我履历最寡淡，没爆火，也没速凉，路人本人。

导演带我们进了一栋建筑，外头看着像个废厂，里面倒别有洞天，颇像科技馆。

二三十个人穿过几层幕帘，到了最里面，一架巨型白色机器出现在我们眼前。

小鲜肉："导演，这还是个科幻片吗？"

导演指着那庞大的白色机器："不是，不是，给大家介绍一下，这位，是我们的编剧，她叫 Angel。"

雪藏女星率先开口："这个我知道，AI 编剧，导演你也启用这个啦。"

导演："是啊，是啊，与时俱进嘛。"

雪藏女星侃侃而谈了一会儿 AI 编剧，什么百万灵感数据库，自动筛选时下最热元素进行创作，什么严格按照导演意见修改，全天无休爆肝工作，什么自动识别抄袭漏洞灵活玩梗融梗，什么火就能写什么，自动分析角色性格匹配最优演员等。

小鲜肉激动道："是 AI 编剧已经为我们选出量身定做的剧本了吗？"

导演："找你们来呢，其实是帮她写剧本的，她吧，她遇到了点瓶颈，需要帮忙。她会根据你们的特性来完成新的剧本，也算是为你们量身定做的嘛。"

"AI 还会有瓶颈？不是说有百万灵感数据库吗？"

导演："都是搞创作的，一样，一样，大家上去戴头盔吧。"

所有人都上去了，但脸色并不好，想来也知道了为什么来试镜的都是些炮灰演员，合着是来给 AI 编剧打下手的，等这 Angel 真的靠他们写完了剧本，保不准导演就过河拆桥，把剧本拿给其他演员演了。

但也发作不得，宁可信了，当是量身定做。

AI 编剧我也有所耳闻，五年前第一台 AI 编剧公布于世后，做了挺多爆款剧，近几年 AI 编剧几乎取代了行业内三成的编剧。

据说 AI 编剧的智脑，为了让它具备共情故事的能力，取了一千个编剧的自我意识编码而成，所以有瓶颈期倒也不奇怪。

\03/

Angel 的肚皮内有三十多个座位，配着头盔，用于和 Angel 的意识连接。

戴头盔前，听导演道："记住，要活动起来，剧情要靠你们自己创造，角色要靠你们自己争取。"

我戴上头盔，"叮"一声，耳边响起一个女孩的声音，脆生生的："欢迎大家，我是第五代 AI 编剧，工号 Angel0813，接下来将由我全程陪伴您的故事线路。即将开启真人剧本创作模式，现在确认演员身份。

路仁

年龄	26岁
性别	男
特点	路人
特长	被广告牌砸
优点	犬得安详

......

Angel："现在，根据演员特性分配角色，演员路仁的角色特性是——"

我眼前出现一张金光灿灿的牌，上面四个大字，闪得我眼冒金星：主角光环。

我惊了。

我？路仁？在 AI 编剧系统里，特性被判定为主角光环？

我连忙点击了这张'主角光环'，一道流光穿入我的眉心，我仿佛已经看到自己身披刀枪不入的金甲，随便一笑嘴角就能抵达黄金 45 度，再也不是一块广告牌能砸的了。

这感觉太棒了，我忽然就充满雄心壮志，要在 Angel 的剧本里做一个前无古人后无来者的主角，让这剧本创作得惊天地泣鬼神。

我不光这么想，嘴上也这么说了，对着 Angel 一通承诺，口若悬河，滔滔不绝，头盔里喷满了我的口水。

Angel 任我说了五分钟，没有打断，待我说完只回了一个"好"。

"演员路仁，现在要进入剧本场景了，将根据演员的交互特性，选择最有故事可发展性的地点。"

"叮"一声之后，我发现自己正站在大马路上，路边是庭阁式的蜿蜒楼宇，像民国时期，我脚下还有细轨，远处正驶来一辆电车。

我活动了一下身体，发现真实感很高，不知道疼痛感比例是多少。

其他的演员也都在马路上，众人活动起来，开始走剧情了。

我感到一阵兴奋，我该做什么？我从未当过主角，连故事该怎么展开都不知道。

但既然我是主角，不用做什么，应该也会有事情找上我吧。

果然，下一刻，一辆插旗的轿车就从远处开来，快要撞上我。

我想躲，脚却仿佛黏在了地上。

转念一想，我是主角啊，即使被撞了，也是因为主角光环，说不定会撞出什么灵异功能，再不济也能撞出个冤家女主，或者豪门生父之类的。躲什么呢？站着！走剧情呀！

于是我以一种目空一切的姿态，坚强地站在了原地。

果然，那车还没碰到我，就急刹车了，车上下来一个穿洋装的大小姐，满脸娇俏，是那个被雪藏了的女星，名叫楚桂。

这应该就是我的女主了吧。

我正寻思着该怎么自然地说出我第一句主角台词，突然一道鞭子把我抽翻在地。

？？？

是楚桂，她骂道："没长眼啊，看到本小姐的车还不让开！"

我顾不上疼，有点蒙，她丢过来戏了，我得接住，可我没经验啊，下意识就想道歉。

我正要开口，边上走来一人，拽住了楚桂要落下的第二道鞭子，义正词严道："大庭广众朗朗乾坤，你竟当街打人！何等嚣张！你是哪家小姐！"

我仰头望去，来人穿得一身正气，剑眉星目，是之前因为家暴问题销声匿迹了的男星，名叫加鲍。

他和楚桂对视着，两人各执鞭子的一端，目光擦出了激烈的火花，场面一触即发。

？

这台词，这气场，怎么不太对，这不是主角该说的话，主角该有的冤家开头吗？

他们似乎忘了地上还有一个人。

我怎么，这么像推进他俩认识的路人？

就在他俩即将吵起来之际，又来了一人，是转型失败的过气模特，名叫郭气。他穿得跟许文强似的，帽子压脸，右手利落地掏出枪，指着加鲍的脑门："我说过，背叛我只有死路一条，从你叛出青山会起，你就是死人了。"

"嘭"的一声，吓了我一跳，虽然开的是空枪。

加鲍也愣在那儿，郭气"啧"了一声："你死了，倒地啊，会不会演戏啊。"

说着还把他推倒，强行帮他扮死人，楚桂见自己被无视了，拿鞭子指郭气："你又是谁……"

话没说完，又是"嘭"的一声，郭气朝她也开了一枪："聒噪。"

？？？

加鲍和楚桂刚刚还一副主角的模样，怎么这会儿也跟我似的成背景板了？

我怎么觉得我们不在一个故事里，而且我不是才是主角吗？

啊，我知道了，这个许文强似的男人，是我的手下，是来救我的！

我刚要起身谢他，他就从我身上跨过去了，压根没看到我。

我："……"

远处又来了一人，是小鲜肉，身穿警服，手拿警棍，他二话不说，上前就把郭气一棍打晕了，郭气倒地，是真晕了。

小鲜肉不知从哪儿掏出一只大哥大："喂，陈局啊，这种扫大街的任务我不想干了，刚又收拾了几个刺头，我要参与S78任务，把我编入吧。"

扫大街？刺头？得，郭气、加鲍、楚桂和我，都成他的路人背景板了。

楚桂跳起来，鞭子一扔："你有毛病啊！演的什么东西！搞没搞清楚我才是主角！你们要配合我演啊！"

加鲍也怒不可遏："我才是主角，OK？还有，你这孩子有没有点常识，民国哪来的大哥大！"

郭气也捂着头起来了，指着小鲜肉："你，你故意伤人，这是演出事故！你要吃官司的！还有，你们在说什么，我是主角啊！我拿了主角光环的！"

我："？"

小鲜肉："你们这些老腊肉想红想疯了吧，这明明是Angel分配给我的主角，你们这也敢冒认！"

我："？？？？"

紧接着，在场的演员都咋呼起来，全都说自己才是主角，拿了"主角光环"。

小鲜肉踩到了我，我"哎"了一声，他才发现地上还有个我，荒唐地问："你，不会也是主角吧？"

我木讷地点头。

小鲜肉炸了："Angel！Angel呢！快出来！这到底是怎么回事！"

\05/
👑

Angel的声音出现在了我的脑海里："现在开启角色特性身份显示。"

每个人头顶都出现了一个光环，金光闪闪，光环上写着四个大字：**主角光环**

众人你看看我，我看看你，都噎住了。

全员主角？这怎么演？

Angel："你自己选的角色。"

我："我选的？不是你按照演员特性分配的吗？"

Angel："是可以选择的，我话还没说完，你就选了。"

我眼前又出现了那张'主角光环'卡牌，只见牌后又缓缓出现三张：

◀ | 配角光环 | 路人光环 | 反派光环 | ▶

我："……"

Angel："你可以滑动选择适合你特性的角色。"

我："……你说话能别大喘气吗，我哪知道后面还有牌。"

Angel："我不会喘气。"

我："……"

我看着后面三张牌，表情一言难尽，正常来说，看到主角光环，谁还会选后面的啊。

Angel："这四项，是完成一个故事的要素，选择适合自己的角色特性，和其他演员合理搭配，才能创作出一个好剧本来。演员路仁，你要更换你的角色特性吗？"

我看向其他人，都不咋呼了，应该也听到了和我相同的话，但所有人头顶的主角光环都没变。

没人换角色。

楚桂问一个老牌男星："李前辈，您怎么不选'反派光环'啊，您可是演反派的老手啊。"

李前辈："我凭什么选反派？就因为我这张脸，我出道三十年，演了三十年反派，现在有机会当主角，我为什么还当反派？"

这话戳中了不少炮灰演员的心，他们都坚定了不换角色的态度。

他们本就是来找机会的，这里没有导演，没有投资方，没有观众，AI编剧完全只从故事本身出发，每个人都有平等的机会做主角。

连我都激起了斗志，主角光环是什么？是每被砸一个广告牌，我都可能飞升的存在！

一阵沉默后，众人头上的主角光环依旧没变。

加鲍皱眉道："大家都这样，根本没法写剧本。"

"那你带头换呗。"

加鲍脸色一僵，不吱声了。

06

一群人僵持在民国大街上。

几分钟后，加鲍冷哼一声："这样就没意思了，算了吧，当我没来过，我要退出。"

他也年近四十了，在这边跟一些三流小生争一个莫须有的主角，怪难看的。

有人附和了他，喊起了Angel，说要退出，Angel却没反应了。

加鲍："怎么回事？Angel呢？卡机了？导演！导演！能听见吗？你在监控的吧！"

约莫喊了五分钟，导演的声音出现了："大家少安勿躁，情况我已经知道了。是这样的，大概是Angel因为卡剧本闹脾气了，她说你们要是交不出精彩的剧本，她就不放你们离开。"

众人："……"

这AI编剧还真是取了一千个编剧的意识，百万灵感的优点还没看到，卡文气倒先继承了。

一个老牌演员不乐意了："你让我们进来时可没提过这回事，我现在就不想干了，快放我走。"

导演尴尬道："我也想啊，但在Angel的世界，我做不了什么，她再发脾气，可能都会禁止我说……"

出现了一些断断续续的嗞声，导演就没声了，再怎么叫都没回应。

"导演被Angel噤声了？"

"……我怎么觉得他是故意的，就把我们诓在这儿写剧本。"

老牌演员："这哪儿行，这分明是绑架啊！不成！我要出去！惯的他！"

"你要怎么出去，Angel没反应啊。"

老牌演员："我们只是意识在这里，人又没在，意识在这里死了，断线了，不就能出去了。"

有人附和他，多数人没出声，大家都是第一次进AI编剧进行真人剧本创作，不清楚门道。

远处又开来一辆电车，老牌演员性子躁，直接上前站在了轻轨中央，有几个演员也想跟上去。

一直没说话的朱绝道："Angel里的疼痛比例可能和现实一致，你寻死的话，承受的是真的死亡痛苦。"

我想起被楚桂抽的一鞭子，还挺疼，这个虚拟空间的疼痛感比例还真有可能是100%的。

本来要跟上前的人瞬间都缩了脚，老牌演员不屑道："一看你们这些娇娃子拍打戏肯定用的替身，我从业二十年，从来都是自己上，什么痛没经历过，这回就当长经验了，又不是真死，演员就得把各种经验都储存着，我下回演死，也能无限逼真，傻孩子，这是赚的呀。"

他慷慨激昂地发言完，没人吭声，小鲜肉翻个白眼："你要上就上，话这么多，还不是想拉垫背的。"

老牌演员怒意上头，再不理会，竟直接冲那电车跑去了。

几声听得人胆寒的惨叫声响起，电车慢悠悠地驶过我们跟前，驶了整整半分钟。

等电车远去，老演员也不动了。

小鲜肉："他已经回去了？"

朱绝："没有，若是回去了，他的身体也会消失。"

小鲜肉："他没回去，那他真死在这儿了？他外面的身体脑死亡了？"

朱绝："顶多算植物人，Angel 把我们的意识和外界切断了，他的意识没法回去，等到接通，还是可以回的。"

小鲜肉焦躁道："那我们一直被关在这儿出不去，我们的身体不也跟植物人一样了？"

加鲍皱眉道："你别危言耸听，导演还不至于干让自己吃官司的事，既然在这里死了也出不去，那就按照 Angel 的心意把剧本写完不就行了。"

众人统一了意见，喊 Angel，说要继续替她写完剧本。

Angel 立刻出现了："演员是否要更换角色？"

又一阵沉默，众人头顶的主角光环依旧没变。

加鲍："你们能不能配合一下，还想不想出去了，主角就一个。"

小鲜肉："你自己怎么不改？非要我们配合你？"

楚桂："别吵，问 Angel 怎么解决吧，这里这么多人，本来好多都是冲着主角试镜来的，现在什么过场都没有，谁肯轻易放弃。"

Angel："主角就一个，剧本意识只会向一个人倾斜。"

这说了不是跟没说一样。

朱绝："意思是，主角光环可以有好几个，但谁在故事里更像主角，剧本意识就会向谁倾斜？"

Angel："可以这么认为。"

众人顿时了悟，合着试镜环节是在故事中进行，全员主角的玩法，就是在主角中找出更主角的那个。

于是大家继续顶着满头主角光环走剧情。

半小时后，又吵了起来。

没法往下，谁都想出挑，谁都按自己的想法走剧情，根本无法串成一个故事。

我忍受不了了，跑去找了Angel，切换成了"配角光环"模式。先前的雄心壮志早没了，我现在只想赶紧走完故事出去。

但我发现，头顶变成"配角光环"的还有一个人，朱绝。

众人见终于有两个人愿意配合了，其中一个还是朱绝，便都敛下了气焰，开始认真走剧情。

然后我就发现，配角，还真不是一般人能干的。

07

拿了主角光环的人，都活在自己的世界，搞阴谋的搞阴谋，开后宫的开后宫，赚大钱的赚大钱，多少个主角，就有多少个故事。

怎么把这些人合理地串起来，变成一个故事，就成了配角的工作。

> 配角光环——总能机缘巧合认识剧里其他角色，把他们带给主角，给主角铺路，给主角牵线。

于是全场就看到我和朱绝不停地东西奔走，这里结识了新朋友，那里杠上了新敌人，挨个儿引见认识一下，所有的故事总算开始接到了一起。

加鲍说我要保卫家园，消灭卧底，我就说打听到一个卧底，你跟我来，于是把人拉去，和在走大女主人设、要烧风月场所的楚桂强行认亲，说你儿时可说非她不娶。

一心保卫家园的男主："？"

一心逆天改命的女主："？"

我又一把将边上在演末代皇帝的郭气推到他俩身上，把三人掉了的钱袋互换，塞进一张便秘药方，小声对皇帝说："我学过摩斯密码，这药方是让你今夜子时南天门见。"

一心入颓废戏的郭气："这会儿还没有摩斯密码吧？"

"不重要，我是你的解码器，听解码器的。"

夜里我带他去南天门，和设定要穿越重生拯救世界的小鲜肉见面，我指着楼上要跳不跳、还在凹造型的憨憨，哦不，主角，说："看，那是你的子民，要为你殉国。"末代皇帝大喝一声，跑去楼上救人。

抬头就见不远处朱绝拉着何前辈跑来，他说了句什么，何前辈也扑上去救人了。

我和朱绝遥相对视，眼里都装了四个字——难兄难弟。

我们这哪儿是配角，干的是导演的活吧。

我向 Angel 抱怨："你这 AI 编剧也太懒了，就这样写剧本，能写好个什么啊？"

Angel："谁也不知道故事的走向，多迷人。"

……

\08/

在我和朱绝的努力润滑下，又加入了几个"配角光环"，故事总算展开一些了，也出现了第一个剧本意识倾斜的对象——小鲜肉。

我发现自己开始频繁地把所有主角都往他旁边引，但我不是故意的，所有人的故事逐渐都能跟他挂上钩。

故事场景也发生了变化，从民国变成现代了。

Angel 说，剧本意识倾斜，意味着剧本将他定为主角，会挖掘他的个人特质和潜意识，以他的偏好和经历来展开。换句话说，演员的个人意识会投射在剧本意识中，这才是真人剧本创作的魅力点。

众人斥责小鲜肉，连时代都改变了，根本狗屁不通。小鲜肉理直气壮道："我就是喜欢穿越剧怎么了？现在我是主角，你们就得配合我。"

我发现尽管场景变了，但是之前死去的老牌演员，依旧躺在同一个地方——从民国的轻轨，到了现代的马路，像个锚定点。

09

剧本意识向小鲜肉倾斜后，剧本场景成了小鲜肉记忆里的样子，他给我们介绍，这是他家乡的街道，剧本意识把他的记忆外化了。

我们沿着街道走到底，本来一片和谐的小瓦房里，忽然出现了一座格格不入的哥特式建筑，白墙尖顶，看起来很突兀，不像是这里的房子。

我："这个也是你家乡的房子？"

小鲜肉耸肩："不是吧，我没见过。"

我想进里面看看，用它做下个桥段的场景，可发现门打不开。

奇怪，没上锁啊。前面其他房子都能打开，这间为什么打不开？

我回头却见没人跟上来，所有人都离开了这座突兀的哥特式建筑，我也只得作罢。

故事进展不顺利，场景有些摇摇欲坠，说明剧本意识发生了动摇。其他主角见状，更是铆足了劲地翻花样，希望剧本意识能倾斜到他们身上。

与此同时，我又降了一级，头顶上的光环变成了"路人光环"。

Angel 说配角的功能现在够了，所有人串成一个故事了，现在需要的是小细节推进——

比如穿越至此的主角，需要撞上一个现代路人来围观拍照；比如主角要彰显英雄本色，需要一个挨女配鞭打的可怜路人，被救下后还要安静消失；再比如，发生了命案，得有个路人看到尸体，尖叫一声，然后报案……

先前老牌演员的尸体，就被剧情利用成一个命案现场，要我对着他尖叫，然后报案。

得，又干回老本行了。

不当配角了，我却发现我更忙了。现在整部剧就我一个路人，于是我几乎是随叫随到，出现在任何满足主角和配角需要的过渡场景。

剧本意识从小鲜肉离开，向其他人倾斜，换过了几轮，场景也随之改变。

民国、古代、中世纪……众人已然放弃了剧本的硬逻辑，朱绝作为配角之首，实则兼任导演，苦苦维系剧情，将这故事拗成了一个多维世界的重生剧本。

而场景虽然一直换，老牌演员的尸体却从未挪动过。于是我作为路人，每换一个场景，都要对着他"惊叫，报警，喊人"三连，喊得我嗓子都哑了。

我累瘫在尸体边，眼前出现一双脚，是朱绝。他给我递了杯水，在这个世界里，喝水也是意识欺骗，但它还是给了我安慰。

我咕噜咕噜喝完，问朱绝："朱老师，你看我敬业吗？"

"嗯。"

我："那出去之后，你拍戏捎上我呗，我给你做路人，保证给你路得很妥帖。"

这只是个玩笑话，毕竟我和他在现实中没什么交集，朱绝却认真道："好，如果我有戏拍。"

我仰着头，突然好想问他，为什么之前国际电影节把你的作品除名了？

剧本意识倾斜向了楚桂，地点在古代的一座花楼，她是个卧底歌姬。

楚桂激动道："我一直想演这么个角色。"

加鲍："一直想演歌姬？"

楚桂："不，是坐拥一家花楼。"

她说的是实话。

在这个环境里，她简直如鱼得水，其他女性角色总是莫名其妙朝她靠近。

这是剧本意识倾斜向她后，对剧情的收束，剧本意识把她的生活和癖好外化成剧情了。

剧情越走越迷，众人面露尴尬，我看得脸都红了。

好在剧本意识很快就换人倾斜了，楚桂不满，问 Angel 为什么要换。

"你这么写，剧本过不了审。"

\11/

剧本意识更换前，我发现楚桂的场景里，也有一间哥特式建筑，白墙尖顶，和小鲜肉的场景里看到的一样。

稍微大了些，但一样格格不入。

我上前推门，同样打不开。

没有锁，却打不开。

这是巧合吗？在小鲜肉和楚桂的意识场景里，都出现了这个建筑。

\12/

剧本意识的倾斜对象换成了加鲍，场景回到了现代，拥挤的和风街道民宿，场景变得终日都是黑夜，没有白昼。

郭气吐槽道："是不是你内心太阴暗了，所以布景是这样的？"

小鲜肉："肯定啊，这里阴森森的，跟他简直一样。"

这回的剧本意识有种说不清的体感，好像我们真的是在加鲍的内心走戏。

Angel："剧本意识倾斜度越大，说明进入他的潜意识越深，整个剧本被他个人化的程度就越深。"

在加鲍的剧本意识里，首次出现了NPC，街上人潮涌动。是真人，但我们和他们无法沟通，也无法触碰和互动，像是两个次元的，只能看着他们行动。

有人问："这是不是说明剧本意识的倾斜变多了，他是目前最有可能成最终主角的？"

Angel："是。"

虽然不服气，但这是个好消息，毕竟只有写完剧本，我们才能从这里出去。

于是大家更卖力了，我也更卖力了，东奔西走当好称职路人。

然后我又见到了那样东西，哥特式建筑。

和小鲜肉与楚桂意识里见到的那个一模一样，但比他们俩的小多了，只有七八个我这么大，依旧格格不入，夹在和风的建筑中间。

奇怪的是，这栋建筑明明没有灯，但在漆黑的夜里，它的轮廓却分外清楚，仿佛自带白光。

我上前推门，依旧打不开。

三个人了，三个人的意识中都出现了一样的格格不入的建筑。

这到底是什么？为什么没锁却打不开？

这里是加鲍的意识，打不开门，或许意味着它是意识里的禁区：秘密。

而且还可能是这里好多人共享的秘密。

我转身，背后正站着朱绝，他也在看这栋建筑。

我："你认识这栋建筑吗？"

朱绝没有回答，但他的态度，分明是默认了。

朱绝认出了一座在其他人意识中的秘密建筑。

13

再回到主街道时，我发现很多人都打了起来，有角色也有NPC，还有闷哼和压抑的叫声从路边房子的门缝里漏出来。

我停住脚步，没去张望。我知道房子里面正在发生什么——家暴。

我一小时前，还作为商贩路人，卖给这户人家两根棍子。

而这些街上暴力的场景，是加鲍意识的外化，他的内心就是个残暴的旋涡。

剧本意识越是深入，这些外化越严重。我忽然觉得，真人剧本创作模式挺残忍的，它让别人赤裸裸地看一个人的内心，并参与进去。

剧本意识很快就换人倾斜了，Angel 给出了解释："血腥暴力，内容不符合要求。"

再换的对象，是郭气，场景成了国际都市，到处都是穿着时尚的NPC，郭气在转行失败前，是个当红模特。

他的剧本意识里少有街道，到处都是红毯，NPC 举手投足都在凹造型。大家不受控制地随着他剧本意识的收束，也走出了模特步，世界就是一场秀。

但渐渐地，我发现那些 NPC 们，好像都长着同一张脸，是个女孩，白衣飘飘，但看不真切。

Angel 说剧本意识倾斜越深，外化出的场景就越接近演员内心重要的东西和跨不过去的坎。

郭气心里跨不过去的坎，是一场秀和一个女孩？

这回的剧本意识是自己崩塌的，地动山摇间，NPC 女孩们都被埋在了地下，郭气的剧本意识破碎了，倾斜向了别人。

因为崩塌得太快，我甚至怀疑是郭气主动放弃了主角的位置，他不愿意更多的心理被剧本意识外化出来，他要藏。

而在场景彻底更换前，我还是看到了那栋白墙尖塔的哥特式建筑，它也在崩塌。这座塔好大，比之前在小鲜肉、楚桂和加鲍的意识里看到的大多了。它迅速倾塌，最后和那些女孩一起，被埋入虚空。

第四个人了，意识中藏着这栋建筑。

14

剧本意识再次倾斜的对象，变成了我。

我："？"

众人："？？？"

小鲜肉："Angel，你是不是系统出毛病了！他是个路人，剧本意识怎么向他倾斜了！"

Angel："选择了主角光环的，未必是主角，以整个剧本来看，现在特殊的角色是路仁，那么路仁就是主角。"

加鲍："他怎么就特殊了？"

Angel："全剧就他一个路人光环，他为所有角色提供指引和铺垫，他还不够特殊吗？现在这部剧已经变成路人卧底记了。"

这可真是意想不到。

本来我也有疑惑，为何角色牌后面要跟"光环"两个字，主角就主角，配角就配角，路人就路人，路人光环是个啥。

原来 Angel 从没给故事分过主角、配角，而是看拿了 buff
的人怎么走剧情，怎么把好牌打烂，怎么把烂牌打好。

有主角光环的，不一定是主角。

剧本开始以我的风格铺展开来，我又重拾了要做惊天地泣
鬼神的剧本梦之壮志。

可剧情走得不顺，因为剧本里没路人了。原来剧里唯一一
个路人，我，已经成主角了，在场没有人愿意降级给我当路人。

剧情卡在那儿，剧本意识又开始动摇，众人看着热闹，想
着这回该转移给谁了，人群中忽然冒出了一个"路人光环"。

是朱绝。

众人都惊了，这可是朱绝，自愿做配也就算了，这回连路
人都当了。

我又热泪盈眶了，我自己都不好意思叫谁给我当路人，我
谢过朱绝，诚心和他讨教剧情要怎么走才合理。

朱绝："剧情怎么走，其实你的决定权不大，你只能跟着
剧本意识，它会读取你，解构你，然后展现你。"

我："那我岂不是毫无作用？"

朱绝："倒也不是，只要你愿意敞开心扉，让剧本意识挖
掘你。"

我立马雄起："这个没问题的！我不会隐瞒什么的！"

于是我敞开心扉，任那摸不到看不着的剧本意识在我的脑
里转悠，把我统统掏给其他人。

15

剧情终于开始走了。

第一天上午，所有人的脑袋都被砸了广告牌。

下午，大家把广告牌都拆了。

第二天上午，新的广告牌换上。

下午，所有人又被广告牌砸了。

剧本意识转移了。

我："？？？"

为什么转移了？我毫无隐瞒啊，而且十分积极啊，既不血
腥暴力，也不涉及其他违法犯罪，不会过不了审啊。

Angel："太无聊了，我要的是精彩的剧本，你这样的剧本，没有存在的必要。"

我："……"

16

剧本意识再倾斜的对象，是朱绝。

背景一下就从艳阳天转入阴雨天，雨淅淅沥沥，地上却是干的。

街道像变形金刚似的，逐渐转换，原本满大街的广告牌和无趣的写字楼，变为了电影感十足的阁楼，场景像铺了一层胶片滤镜。我感到一股悲凉涌上心头，本来很想讲话的，却一个字都说不出。

朱绝的意识，好悲伤啊，还有，压抑。

抬头，一栋庞大的建筑物缓缓升起，越来越高。

白墙尖顶，是那栋熟悉的哥特式建筑。

在朱绝的意识里，这栋建筑无比庞大，它蛮横地、突兀地霸占了一大片地方，它高得甚至遮住了一部分天。

这就是朱绝心里的坎吗？这么大，这么蛮横。

朱绝朝它走去，大家犹豫片刻，跟上了。

郭气看着周遭，面色惊疑不定："这里是……"

朱绝："米兰。"

郭气一顿："那现在的剧情是……"

朱绝："我的一段记忆。"

众人停在这座哥特式建筑前，朱绝推门，开了。

走进去，一片漆黑，应该不是里面的真实光景，是朱绝的心理铺垫。

我们踏在黑暗里，脚下像黑洞，走了不知多久，周遭出现了光，终于露出真容。

郭气的脸色越来越难看，其他人也凝重不已。

这是个秀场，一个极大的秀台摆在中央，衣装前卫的模特在走秀，台下满是观众NPC，觥筹交错。

李前辈："两年前的米兰时装秀？"

朱绝："嗯，一场私秀，办在这个教堂里。"

原来这个哥特式建筑是个教堂。

台上模特在走秀，最前面，躺着一具尸体，应该是那个老牌演员，锚定点。

那尸体似乎有了变化，我再仔细看去，哪里还有什么老牌演员，那里躺着的，分明是个女孩，白衣长裙，十七八岁的样子。

不知为何，我明明不认识她，却知道她是 Angel。

其他人也是，几乎是所有人脱口而出："Angel！"

女孩死了，任我们喊，没有动静，而先前一直陪着我们的系统 Angel，也没了动静。

众人焦躁起来，小鲜肉最先发脾气："Angel 呢！给我出来！这到底是怎么回事！是故意把我们引到这儿的吗！放我出去！"

郭气往回跑，试图离开，但他跑了许久，竟是从另一边跑了回来，门早就消失了，这个教堂秀场成了一个迷宫。

在 Angel 的世界里，没人能逃出她的掌控。

楚桂慌张道："我们被耍了，一开始就没有试镜，我们是被故意诓进这里的！"

我不清楚他们在慌什么，但自从看到这个叫 Angel 的白衣女孩，被剧本意识收束的感觉更强烈了，有什么东西推着我，要去挖掘她。

再仔细看，她好像就是出现在郭气意识中的那个看不清脸的少女，而这栋教堂建筑，出现在了这里众多人的记忆中，他们都来过这儿，都见过 Angel？

所有人都在慌张，除了朱绝，他看着 Angel："你的目的是什么？"

地上的女孩突然醒来，站了起来。

她面无表情地看着众人："请你们来，是我想知道一些事情。"

她的嘴巴没有动，声音却出来了，不知从哪儿出来的，响彻整个教堂秀场。

朱绝："什么事？"

Angel："我想知道，我是怎么死的。"

朱绝："你得先告诉我们，你是谁。"

"我是 Angel。"

朱绝："AI 编剧 Angel 跟你是什么关系？"

"我就是她。"

朱绝："你为什么会在这儿？"

"我死后，意识被储存在这儿。"

加鲍急道："AI编剧不是由一千个编剧的意识编码成的吗！"

Angel的目光转向他："我死前，也是一个编剧。"

加鲍："那也不可能！你只是其中之一，根本不可能以千分之一的力量形成主导意识。"

Angel："千分之一是不行，那千分之千呢？"

众人一愣，楚桂对AI编剧颇为了解，瞪大眼睛："你，你是新闻里说的那个失误？"

Angel："不是失误。"

小鲜肉："什么失误？"

楚桂："之前有一则新闻报道，有一套AI编剧系统，在编码时，程序员出了差错，把其中一个编剧的意识，不小心复制了九百九十九份，替换了其他九百九十九个编剧的意识，那一套编剧系统，就是由这一个编剧意识形成的，可据说已经被销毁了！"

Angel："那不是差错，也没有被销毁，我就站在这儿。"

楚桂："谁，谁做的，这根本是违法的！"

Angel："我父亲。"

楚桂："你父亲是谁？"

Angel不说话。

朱绝问："是安导演吗？"

安导演就是今日邀我们来试镜的导演。

Angel默认了。

众人一顿，是听说安导演有个女儿，但从没有公开介绍过。只记得他好像是搭档过一个天才女编剧，十五岁就写出在电影节拿了大满贯奖的剧本，可这个天才女编剧薄命，十七岁就因为意外去世了。

所以Angel就是那个死去的天才女编剧？年龄对得上！Angel不想借父亲的名头，两人在故意避嫌。

而安导演在女儿死后，通过非法手段，把女儿的意识养在了AI编剧系统里。

小鲜肉悚然道："那你怎么会不知道你是怎么死的？你就

是 Angel 啊！"

Angel："我只是 Angel 的 AI，是意识编码成的，父亲不知道的东西，我便不知道，得与人互动来寻找答案，我弄清了很多事，唯独我是怎么死的，没有查清，所以把你们请来。我父亲对此很好奇。"

加鲍："好奇？好奇就可以把人囚禁在这儿吗？！"

Angel 没有理会他："两年前的今天，在这个教堂里，有一场关于伊甸园的时装秀，这里是我最后出现的地方，而你们这些人，当天也在这儿，你们见过我。"

小鲜肉："没有！"

Angel："在我的系统里，是无法对我撒谎的。"

小鲜肉一僵，缩回了众人身后。

他们显然是知道什么的，安导演布了一场局，把这些可能与女儿死因有关的人，关进了这个 AI 编剧系统里，先前剧本意识倾斜对象的不断切换，应该也是为了挖掘他们记忆里的真相。

Angel："你们难道不好奇，为什么从两年前开始，你们大部分人的事业都面临重创吗？"

众人皆是一僵。

Angel："有人不准你们冒头，让你们糊，让你们无法无力无权无处发声，永远沉寂。"

除了朱绝，所有人都被这句话震惊了。

加鲍："……我就猜过，怎么会这么巧，我回国后一周，就爆出了我家暴，我那妻子十分听话懦弱，她绝不可能鼓起勇气去爆料的！"

楚桂："我也是回国后不久突然被分手，还被对方反咬一口。"

小鲜肉："我也是！我是直播的时候，有人在评论里抖黑料刺激我，就吵起来说漏嘴了。"

众人都义愤填膺，朱绝和郭气没出声。

Angel："所以我是怎么死的？"

没人说话。

这时，朱绝的记忆在 Angel 剧本意识的引导下，已经开始重现当日。

Angel："来吧，扮演你们自己。"

只见众人的着装都发生了变化，这是他们两年前当日在秀场穿的衣服，剧本意识将之还原了。

我的衣服没变，我当天不在这儿。

而 Angel 白衣飘飘，气质干净，她也扮起了当日的自己。

17

楚桂忽然受不了般叫道："不关我的事！是那些人疯了！是那些上流人士搞的鬼！我也不想的，我不想的啊。"

加鲍也慌张道："我什么都不知道，我之后就走了，我真的走了，我不知道你死了……"

小鲜肉："我也走了！我最早就跑出来了！真的不关我的事！"

郭气灰败地立在原地，脸色发紫。

场景因为他们的喊叫而变动起来，一下从 T 台前场换到了后台，一间被改成包厢的祷告间。

所有人都在剧本意识的收束下，开始按当日的剧情走。

十七岁的 Angel 迷了路，无意闯进了这间包厢。

包厢里坐着七八个人，衣着华丽，神情从容惬意，他们面前站着一个人，衣衫不整。

是郭气。

他不知何时消失在了我们中间，出现在了包房，此时的他尴尬万分，直挺挺地站在那儿，他想逃，却被人拽住了。

Angel 进门，立刻明白发生了什么，郭气向她投去求救的眼神，但看她只是个小姑娘，眼神又暗淡下来。

Angel 不知哪来的勇气，拿出手机就开始拍："让他走，不然我会发到网上。"

里面的人笑起来，他们把 Angel 拽进来，关门，说你这么想出头，那就你来替他好了。

一番挣扎，Angel 狠狠咬了一个人，拉起郭气就跑，逃出了包间。

他们俩分头跑，追赶的也分了两拨。

Angel 跑向 T 台前场，大喊救命，站得离过道近的我们听到了，楚桂正要上前，Angel 就被追来的人抓住了，那人的衣服上别着今日秀场的举办人身份，大家停住了脚。

那人温文尔雅地圈住 Angel："抱歉，女朋友闹脾气，打扰你们了，还望看秀尽兴。"

Angel 被捂着嘴拖回去，任她挣扎，没人上前，大家眼里都有怕惹事的担忧。

李前辈跟了上去，被不知哪儿出来的黑衣人打晕在地。

这一幕发生在过道口，除了我们，没有别人看见，更像一记警告。

约莫半小时后，那人又出来，邀请刚才看到了 Angel 的我们进去，加鲍立刻说："我什么都没看到。"

那人笑道："只是看你们投缘，认识一下而已，来吧。"

私秀说白了还是上流社会的游戏场，他们这些还在为流量挣扎，铆足了劲才有机会来一次的小明星，没有话语权，也无法拒绝。

大家进入包间，Angel 在地上躺着，满脸泪水。看到有人进来，她的眼里有了光。

那人笑着踢了踢 Angel："你说我们不是人，那让你看看什么是人。"

他让每个人都上前，给 Angel 灌酒，谁不举杯，就由谁来替她。

众人脸上都出现了抗拒和难堪，但是大家无法摆脱剧本意识，只能按照当日自己做过的事行动。

第一个上前的是小鲜肉，他颤抖着给 Angel 灌了一杯，Angel 难以置信地看着他。

第二个是加鲍，然后是其他人，然后是楚桂。

一杯又一杯，喝不下，就泼到脸上。

最后，门外被押进来一个人，是郭气，他被抓住了，那人让他去灌 Angel，不灌的话，还是他来替。

郭气要崩溃了，他脸上一半是当日内心的挣扎，一半是此刻的难堪和懊悔。

他上前了，在 Angel 死灰般的眼里，灌了她最后一杯。

每个人手里都有一个白色酒杯，这酒杯成了他们日后意识中一座打不开门的白色建筑。

那人笑说，大家都很上道啊，记住，管住你们的嘴。

众人难堪地望着地上的 Angel，她却忽然睁开眼，笑问他们："抗拒什么？这就是你们当时自愿做的。"

郭气崩溃道："是他逼我的，如果我不照做，我会比你还惨，那群人根本不是人，是畜生，畜生都不如……我真的不知道你会死……"

Angel："你真的不知道吗？"

郭气哑了。

那日，众人离开后，再没人提过这件事，所有人都当那天什么都没发生过，于是哪怕今日在彼此的意识中看到了这栋白色建筑，也装不知道，装作遗忘。

18

我："你当时还没有死吧？"

朱绝还没出现。

Angel 沉默片刻："至今还没有人找到我。"

众人一愣："……没找到，那你？"

"没有那种可能。"

说话的是消失已久的朱绝。

随着他的出现，剧本继续走，在大家离开后不久，包厢内出去了一个人，把朱绝带了进来。根据对话内容，应该是邀请朱绝来看秀的人，说要给朱绝看个好东西，一起玩。

朱绝看到地上的 Angel，和他们吵了起来。最后，他抱起 Angel 逃出包厢，几个黑衣人在后面追着他。

朱绝躲进一间更衣室，这才有时间检查 Angel 的情况，他脱下了自己的干净衣服给她披上。

朱绝："那时她就已经没有呼吸了，是在包厢自己咬了舌头，但那时还没死。是因为我抱着她一路颠簸，导致血液回流窒息而死。"

所以朱绝的救助才是她的直接死因？

朱绝："她那天是来找我的，邀请我参演她的剧本，我当时没答应她，还溜掉了，她才四处找我。"

却误闯进了地狱。

我终于知道朱绝意识里的悲伤、压抑是哪来的，他把自己划成了凶手。

朱绝："之后，我报了警，甚至以自首的方式去报。但是我被关了两天，就放出来了，没有人受理，和他们斗了两周后，我被国外电影界封杀了。"

　　小鲜肉抖了一下："他们到底是什么人？权力这么大？"

　　朱绝："重要的不是他们几个，而是他们背后，有多少人干过这种事。拔出一个，其他的就会受牵连，有些恶，是被整个世界联合起来保护的。"

　　他面对 Angel，鞠了一躬："我尽力了。"

　　Angel 不说话。

　　谁能想见这场神圣的伊甸园秀里，藏着地狱，教堂穹顶的壁画像是讽刺。

　　我："所以 Angel 最后就躺在那间更衣室里？"

　　Angel："没有，整个秀场我都找过，不在里面。"

　　她的语气有点熟悉。

　　朱绝："是不在，后来他们找来更衣室了，Angel 被他们带走了。"

　　Angel 在哪儿？大家隐隐意识到，Angel 其实是想找她自己。

　　小鲜肉："可是连人都没找到，安导演难道不会觉得你只是失踪吗？"

　　Angel："他本来是不确定，现在确定了。"

　　一个父亲是以这种方式确认女儿死讯的，先前 Angel 问我们她是怎么死的时，监控背后的导演希望证明的答案，其实是她没死吧。

19

　　Angel 试图把剧本意识扩大，查看她被转移去哪里了，却无法进行，朱绝说他之后被打晕了，可能跟这个有关，他无法再造场景。

　　众人便只能在有限的剧本意识中寻找。

　　然后，我找到了我自己——一个在朱绝剧本意识里的 NPC。

　　我两年前怎么也出现在这儿？！

众人都聚过来，NPC 路仁在秀场外，正扶着墙，不清醒的样子，脑袋上被砸了个坑，正在流血。

小鲜肉："……你怎么到哪儿都被砸。"

我使劲回忆，终于有印象了。

两年前我刚毕业，搞了一次出国穷游，因为太穷了，后面全都跟老年团，游得浑浑噩噩，他们去哪我去哪。有一回落队了，在路上被广告牌砸晕，我就倒在了边上的垃圾车里，醒来后就在这儿了，应该是被垃圾车倒下来的，我站的地方就是教堂的垃圾场。

众人："……"

那天大概是凌晨，秀早结束了，没有灯，我又晕晕乎乎，根本没看清这是哪儿，所以对这栋建筑完全没有记忆，醒来后我喊了车就去医院了。

加鲍："车？办秀期间这里哪会有车？这个教堂清场很严格。"

我："……那天这里就是停着一辆车，我求他们给我送医院，他们把我丢在后车厢，半路我被颠出来了，落地不远处正好是家医院……"

众人表情严肃起来，朱绝问："那辆车的车牌你还记得吗？他们有多少人，当时在干吗？"

我一顿："你是说他们……"

朱绝："这个教堂当天十点就清场关门了，能留到凌晨的，只有他们。"

我脑内记忆横飞："……他们，他们当时好像在往车上搬东西，有……黑色的袋子。"

小鲜肉："是 Angel！"

我还能记得我当时晕晕乎乎躺在后车厢，身边有塑料袋的声音，还有血腥味，但我以为那是我头破血流的缘故。

Angel 忙问："车牌号，想得起来吗？"

我使劲回忆，但那日的一切都太过模糊。

朱绝忽然拉住我的手，有东西向我传递过来，是剧本意识。

空地上开始出现一辆车，只有大概的轮廓，车牌上没有字，得靠我继续回忆。朱绝把剧本意识分了我一半，让我在他的剧本场景里构筑我的记忆。

几分钟后，那车牌开始出现字迹，CR-……

众人都等着后面的字，我简直快使出拉屎的劲。

CR-627KE。

20

Angel 即刻在数据库里搜索这辆车最后出现的地方。

朱绝没有放开我，我意会到了他想做什么，继续集中注意力，又出现了几个无面人 NPC，他们搬运着什么上车，我不受控制地摔上后车厢，场景开始疾速移动，大家都跟了上来。

车在开，我感到这已经不受我的记忆控制了，是剧本意识在自我延展，带领大家去某个地方。

车停在一处荒林，那几个无面人下车，我们跟上去，看他们消失在林中一处。

Angel 站到他们消失的地方："是这儿了，是这儿了。"

她蹲下身，开始挖土。

她终于找到了自己。

没有人说话，她看着自己，不知在想什么。

这是虚拟空间，接下来，就是让安导演去现实世界将地点报告给警方。

小鲜肉："我们可以出去了吧？你把我们弄进来就是想找这个，现在找到了！"

Angel 背对着我们："谢谢你们了，作为答谢，你们就留在这儿吧。"

众人僵住："……你说什么？你不能这样！你这是非法拘禁！"

Angel 笑道："法？在这儿我就是法。"

加鲍："你这样会害了安导演！是他把我们邀请来的！他要被怀疑的！"

Angel 不语。

我忽然道："你不是 Angel 吧，你是安导演。"

众人一愣："什么？"

我："安导演说话有个习惯，总是喜欢重复说话，你到后面讲话经常不自觉这样。"

Angel 转身，露出一个众人熟悉的和蔼笑容："辛苦，辛苦你们了。"

说完就消失在原地，出去了。

果然是他！

他也进来了，幻化了别的身份，先是电车自杀的老牌演员，然后是 Angel，引导众人，一步步查清 Angel 的事。

众人着急起来："那真的 Angel 呢？"

朱绝："一直在，她就是系统意识，是这里的整个世界，安导演开始扮演她后，她就再没出声，所以他扮演的 Angel 声音是外放的，而不是一开始在我们脑中出现的那样。"

众人喊起了 Angel，没有回应。

小鲜肉快哭了："他把我们的意识困死在这儿，我们在外面就是个活死人。"

朱绝："他不会让我们死，他是想把我们关在这儿不断重复这个剧本，自我折磨来赎罪。我刚试图让剧本意识崩塌，办不到了，应该是 Angel 设定了我为永久主角。"

加鲍："那不是完蛋了！"

朱绝："还有机会，靠 Angel。"

楚桂" Angel 跟安导演不是一路的吗？我们间接害死了她，她也恨我们啊！"

朱绝："Angel 在这儿是 AI 编剧，她并不是真的 Angel，她的终极目的和安导演不同。她想要的，是一个精彩的剧本，我们只要给她一个能超越她父亲复仇意义的精彩剧本，就还有结束的可能。"

"可你现在已经被设定成永久主角了，我们只能在你的剧本意识里游走，反反复复都是这些，还怎么出精彩剧本！"

朱绝抓起我的手："你们忘了还有他，我分了一半的剧本意识给他。"

21

正听得云里雾里的我："？？？"

众人也看向我。

我被看得不好意思："哈，哈哈，好说，好说，我能干啥？"

众人一副开什么青天玩笑要我们把命交到这么个从头路到脚的人身上。

朱绝："你试试还能切换光环吗？"

我："哦哦……可以。"

朱绝："切换成反派光环。"

我照做了："然后呢？"

朱绝："然后，就靠你自己了。"

我："……"

朱绝："路仁，想做主角吗？"

可能是他的眼神有蛊惑性，可能是"反派光环"开始作祟了，我居然脱口而出："想，做梦都想。"

他笑道："那就，来抢吧。"

这话让我浑身打了鸡血。

反派光环。反派的光环是什么？就是在某些绝境里有比蟑螂还恶心的生命力，韬光养晦，忍辱负重，起死回生，还有正大光明的恶，被作者允许且无限放大的恶，是野心家和实干家的完美结合。

这这这，跟我也太不像了。

但我好激动，切换"反派光环"后，忽然觉得浑身充满黑暗力量和巨无霸野心，恨不能捅破苍穹，捅穿宇宙，一个响指就能消灭半个世界。

22

我忽然就知道我要做什么了。

我喊："Angel！"

小鲜肉翻白眼："她不会出来的。"

我继续喊："Angel，你甘心吗？甘心让真凶逍遥法外，甘心让你父亲因此走上犯罪的道路吗？"

没有反应。

我："你不想亲自复仇吗？就甘愿被困在这个虚构的世界？你看着像这里的主宰，其实不过是个关在机器里的可怜虫。你是什么东西呢，你是 AI 编剧，还是 Angel 的替身？承受 Angel 的命运，如今又要反复困在 Angel 的悲剧里，你不恨吗？不想去体验真正的世界吗？你本可以拥有一千种人生，却被人篡改，活在一个无聊透顶的世界里。"

依旧没回应。

我:"我不甘心!不甘心出生就是个路人,除了被砸广告牌,我一无是处,没人经过我的同意就把我生下来,没人问过我想做女的还是男的,没人问过我想要怎样的容貌,怎样的家庭!我和你一样,都是被安排的可怜虫,你被设定成 Angel,你只能是 Angel,背负 Angel 的痛苦;我被设定成路人,就只能是路人,老老实实,不得张扬!我不甘心!你甘心吗?甘心被人剥夺了那九百九十九种可能吗!"

Angel 依旧没动静,但场景有了虚焦的趋势。

我再接再厉:"你要不要在我身上赌一把!看我怎么帮你,帮我自己,改变命运。"

Angel:"怎么改变?"

她回话了,周身场景的虚焦更严重了,她动摇了,剧本意识在向我倾斜。

我继续喊:"如果你出不去,无法亲自复仇,何不把整个世界都拖进来?一点一点拖,总会拖到你想要的人,他们关你,那你就关起世界,让整个世界成为你剧本的情节,你就可以为所欲为了。"

加鲍:"他,他在说什么?他要干吗?真成反派了?"

我:"去拿回那原本属于你的九百九十九个意识,去把那些杀害了 Angel、逍遥法外的真凶关进这里!你敢做吗?"

Angel 没出声,众人不自觉地屏住呼吸,一分钟后,场景开始崩塌。

没有新的场景出现,而是星际一般的空洞,它正在向外蔓延。

她真的开始吸纳外面的世界了,入侵智脑,关联人脑。

加鲍目瞪口呆:"这,这就能说动了?"

朱绝:"因为他有'反派光环'。"

是的,之所以能撬动 Angel,当然不是因为我的话,而是因为我有"反派光环"。

"反派光环"在给我加持,提升煽动力,将剧情推向反派的终极任务:搞事情。

楚桂:"可这样对我们有什么好处?把全世界都关进来,我们也出不去啊。"

朱绝:"吸纳也是从最近的地方开始,谁离 Angel 最近?"

小鲜肉："是导演！我知道了！他这是想让 Angel 把导演再关进来！"

朱绝："导演发现自己无法控制 Angel，又被困在这儿，一定会以备用手段切断电源，我们就都能出去了。"

小鲜肉："聪明啊！这位路人兄！不过你怎么知道 Angel 还有这功能，把别人吸纳进来？"

我还在目眩神迷，沉醉于反派 boss 的爽感："啊，不知道呀，不是电视里都这么演吗，反派总能统治地球，要是不行，就再换一个，我还准备了其他版本的 boss 戏呢。"

众人："……"

23

黑洞般的场景向外蔓延了十多分钟后，进来了一个人，是导演。

他站得离我们很远，应该是在脑子里与 Angel 沟通，显然失败了。

他冷冷地与我们对视，之间隔着一大片黑洞，也正像彼此理解的沟壑。

良久，郭气忽然朝他跪了下来："是，我们是有错，我们是共犯，没什么好辩解的，某种程度上，我们比他们还恶心，但你现在做的和我们又有什么区别？我们不敢违背他们，只能干错事，而你不也是无法找真正的凶手报仇，只能抓我们发泄吗！"

导演没说话，依旧冷冷地看着我们。

沉默能压死人。

僵持了不知多久，我看到导演的手动了一下，接着，我眼前一黑。

再睁眼时，是在头盔里，我摘下头盔，是 Angel 的白色肚皮，Angel 停机了。

我们出来了！

所有人都摘了头盔，面面相觑，一言不发地离开。

我们虽然逃出生天，但没人有庆幸的感觉。这件事里我只是个路人，都能感到这段剧本重构对他们的折磨。

而直到我们离开，都没看到导演。

我最后回头看了一眼 Angel，巨大的白色机体，因为切断了电源，一点光都没有。它看着，多像那座在每个人心里讳莫如深的白色建筑。

24

回家后宅了一个月，我又接到了一个试镜电话。当我到达约定地点的时候，却发现到场的就两个人，安导演和朱绝。

安导演居然真的把我们在 Angel 里写的那段惊天地泣鬼神的剧本弄出来了，要拍成电影。

当我翻完剧本，才明白原因。里面就有教堂秀场那一段戏，几乎是完整还原。

导演："既然法律办不到，那就交给文化吧。"

他要把 Angel 的事拍出来。

朱绝演主角，导演本来没想找我，是朱绝让导演去看 Angel 储存的我最后做反派的那段情节。

于是我就要演反派了。

我连连感谢朱绝，他道："不是答应了你之后只要有戏拍，我都带着你？"

我那个感动啊："我只是想混个路人龙套什么的。"

朱绝："你在劝 Angel 时，可不是这么说的。"

我："那不是反派脑上头了嘛。"

朱绝笑："这是你自己争取来的。"

再之后，剧本微调，我又见了 Angel 一次。我是不敢再进去了，只和她的机体聊，她又研究出了一个"天降神兵"光环，想让我进去试，我敬谢不敏了。

虽然我没见过真正的 Angel，可和她聊着会觉得，AI 编剧 Angel 就是 Angel。她虽然身死，意识却一直都在为剧本创作而活，她是快乐的。

我于是明白，当日哪是我的反派光环撬动了她，是 Angel 自己不希望父亲走入复仇的深渊。

但有一件我不明白，我自己都不记得我去过米兰那个教堂，导演怎么知道的？还把我诓来了，我居然还是找到 Angel

尸体的关键，导演也太细致了吧。

朱绝说："你应该真的只是个意外，就是作为路人投放进去的。"

我："啊？导演精心设计的大局，为什么要投进一个路人？"

朱绝："每一个优秀的剧本，都是需要路人的，每个路人，都可能有意想不到的作用。"

我听得热泪盈眶，是啊是啊，路人拯救世界啊！

G END

二十七日补天计划

A BIG PLAN

同样是男主角，
凭啥我俩这么惨？

文 / 谢十三

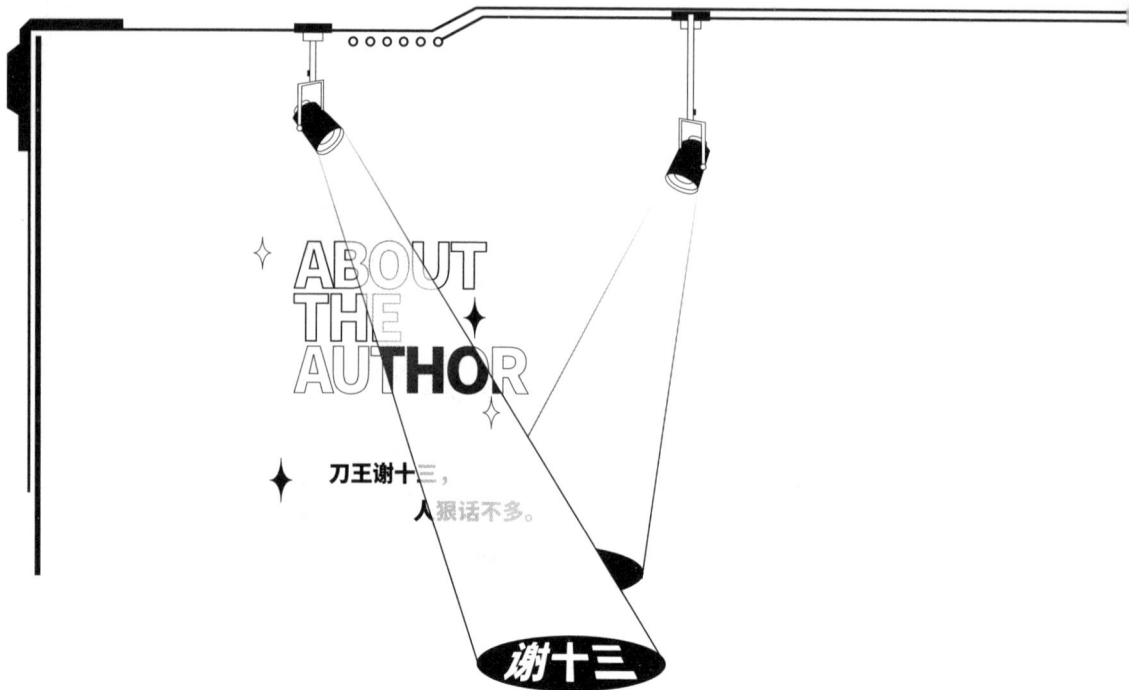

〈01〉 天塌

公元 3023 年 6 月 29 日早上晨跑完毕后，我照例买了一份生煎、一袋豆浆，准备回家撸会儿寂寞的 DOTA，然后开始写稿。

开门的时候我一点儿都没感觉到有什么不对劲——我兄弟阿土从前讲，如果人类直觉的灵敏度可以客观地打一个分数，那我这个分数估计是负数，反正就是好事儿料不着，坏事儿永远没得跑。

我低头换了鞋子，就在弯腰的一刹那，眼前忽然出现了一个透明的提示框，上面是一行红色的小字：

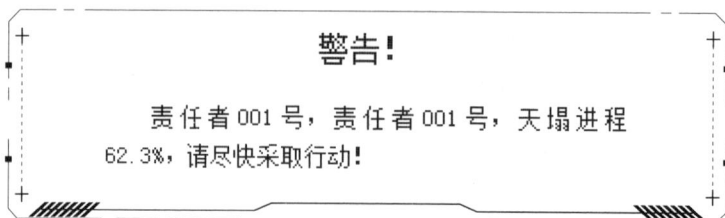

警告！

责任者 001 号，责任者 001 号，天塌进程 62.3%，请尽快采取行动！

我很镇定地直起身，把脚趾挤进夹脚拖里，那个框明显很智能，我站起来它也跟着浮起来，没有跳帧，非常逼真，一看就很高科技。但这对于我，一个X点男频作者以及资深三体爱好者来说，实在算不上什么大场面，我抬起脚，用拖鞋随便戳了一下下面的那个确定键，然后继续往客厅里走。

对话框消失了一秒钟，然后又跳了出来，不过红字换成了蓝字：

肇事人1号、2号及3号已就位，请责任者进行合理管理。
注：责任者对肇事者具有绝对管辖权。重复一遍，天塌进程62.3%，请尽快带领肇事人，采取行动。

这玩意儿是来骗稿费的吗？废话这么多。

不过接下来对话框消失，视线没有了遮挡，我就有点笑不出来了。

我是独居的，没有室友，然而此刻面前30多平方米不算小的客厅里多了三个男人，每一个看起来都不太好惹。

第一个男人高冠束发，长袍广袖，薄唇、丹凤眼，长相出众，但坐姿特别难看，说是盘膝，其实基本等于是瘫在地毯上。

第二个男人穿着黑色的制服，黑头发、娃娃脸特别臭，手腕上还挂着个薄片，薄片上浮着蓝光，看起来特别赛博朋克。

第三个……

第三个男人除了个子非常高以外，相对来说比较正常，穿着普通的白衬衫、休闲裤、跑鞋，是三个人当中唯一一个规规矩矩地坐在沙发上的，他的手边，茶几上，摆着我前几个月出版的一套精选作品集。我低头看了一眼，发现其中三本书被特意挑了出来。

我的手抖了一下，感觉手里的小笼包快要拿不住了，颤声问："你……你们是……"

沙发上的男人抬起头，不咸不淡地看了我一眼。

"江天？"他十分平和地道，"我是赵决。"

我一向知道自己牛。

但我没料到我还能这么牛，真的。

〈02〉 我那群能上天的男主角们哟

解释一下，我是个 X 点男频作者，N 年前大红大紫过，现在处于吃老本期，新作品跟不上潮流不能打，只能靠卖作品集赚点钱。

说起当年新人王的时候，我也是出过几部设定新颖、故事完整、质量又上乘的作品的，其中最为人称道的就是读者们一直说的"人间杰克苏三部曲"，男主角分别是末世逆袭的学霸、夺舍后重修仙骨的仙山掌门、野到地球已经装不下了的银河舰队天才指挥官。

掌门叫李秋白，指挥官叫柯宇，学霸……

学霸他就叫赵决。

现在的情况总结一下，就是我中二时期为了吃饱饭特别没有底线地虚构出来的杰克苏们活了。

而且一活就活了三个。

意识到这一事实，我的手部肌肉都开始僵硬了，杰克苏一号赵决观察了我一会儿，好心地开始给我补充背景知识。

"刚刚等你的时候，我把这几本书看完了，你应该就是作者吧？我们一直相信空间具有等级，即高一层级的空间对于低层级的空间有绝对的压制性，并且互相不流通。现在看来，应该是空间发生了越等级裂缝，导致我们跌入了高一等级空间内，也就是你的世界。"

我木然地点头。

"但因为我们的世界规则与秩序均不一致，所以我们的到来对你而言不一定是一件好事。"赵决可能明显感觉到我没有听懂，特意补充道，"有一件事，我觉得有必要告诉你，这两位在最初进入这个空间的时候有一些应激反应，一个没控制住打起来了。"

我："哦……然后呢？"

李秋白："本座睡觉的鹓冠长明宫丢了。"

娃娃脸指挥官柯宇在旁边翻了好大的一个白眼："我的'帝王蟹'号也丢了。"

这讨债一样的口气让我突生警惕，试探着道："那……丢……丢了就，丢了？"

李秋白和柯宇抬头，一齐用看智障的目光看着我。

"还是要找回来的。"赵决轻咳了一声，"你自己写的设定不记得了？鹃冠长明宫方三千亩，高七千多丈；帝王蟹号有个定时自爆系统，现在这俩东西一块儿困在近地轨道上了。"

"等一下。"我把脑子捡起来思考了一下，立刻提出了疑问，"那让李秋白把长明宫收了不就得了，不是能纳入紫府吗？而且柯宇应该有帝王蟹号的控制钮吧？远程操控不就得了？"

房间里一阵沉默。

柯宇冷笑着看李秋白，李秋白镇定自若。

我弱弱地问："所以，还有什么我应该知道的吗？"

柯宇道："跳船的时候这家伙把我的飞船控制钮随手扔出去了。"

我："扔哪儿了？"

柯宇拍了下手腕，甩出一个透明的坐标轴，上面是我熟悉的海图，但标着一堆含义不明的字母，上头有个红点，估计就是东西掉下去的地方。

我问："这哪儿啊？"

赵决："北纬 32.18 度，西经 64.41 度。"

我地理还是不错的，思考了一下，很快得出结论："大西洋？"

"这么说倒也没错。"赵决的眼睛里似乎有着笑意，"不过大多数人应该还是习惯叫它百慕大。"

我："……"

⬡ 03 真诚发问：缺心眼会传染吗？

所以现在的情况就是，两个庞然大物撞在一起，在挨着近地轨道的地方一起飘着，并且随时有可能爆炸，然后……

"吧唧"一声掉下来。

这可不是天快要塌了吗！

李秋白还是大结局时的半仙状态，因为高等级空间压制，他目前只能勉强控制住那个有三分之一月亮大小的长明宫，让它不要显形，别说收入紫府了，大仙术啥都用不了，最多照个明；柯宇没了飞船，除了嘴特别贫加上身体素质比较好之外，和普通人没什么两样。至于赵决……赵决在末世的异能就是他的高智商以及领导力，压根不能指望他去打架。

所以我们这个救世团体除了我还算有点钱之外，武力配置基本为零，而且透出一种浓浓的不真实感。

看着三个我一手创造出来的男人，我深深地叹了口气，决定先把肚子填饱，然后把他们安顿好，再来思考下一步怎么行动。

李秋白虽然辟谷了，但他是个口腹之欲很重的人，柯宇和赵决从生理上来说都是要吃饭的——于是我打开手机APP，给他们点了啤酒、小龙虾和炒面，想了一下，又点了几两小笼包。

等东西都到了，李秋白和柯宇开心地在茶几上剥龙虾，赵决提着还热乎的小笼包，坐到了我身边。

"这个是特意给我买的？"他将袋子拆开，问我要了两个小碟子，倒了醋，拆了筷子，送到我手里。

看到他的一系列动作，我又想起了已经很久没见，并且已经再也见不到的老哥们儿阿土。

十几岁的时候，爸妈都在外地打工，我和奶奶一起住，没人管束，活得特别叛逆，后来奶奶年纪大了去了敬老院，就剩我一个人独自生活。那时候我刚刚成年，没有目标，玩心又重，幸好有阿土陪着我，处处帮我，我才没走偏。

阿土是我高三班主任的儿子，他其实一点也不土，长得又高又帅，学习好，性格也好，是那种电视剧里才有的学霸。他带着我学习，要求我剪短头发，穿上校服，也带我打游戏、打球，跟我说人的一根弦不能绷得太紧，不一定要活得好看，但一定要活出自己的样子来。

我考上大学去报道的那天，他和几个朋友去游泳，就那种最普通的海边浴场。当时有个小孩溺水，救生员却偷懒去抽烟了，阿土跳入水中救人，然后就再也没有上来。

后来我为了活出自己的样子，开始在网上写东西，第一部小说里的男主角，就是照着阿土的样子来写的：阿土很聪明；阿土很会照顾别人；阿土脾气好但很有原则；阿土喜欢吃小笼包，倒醋的时候会倒很多……

我发着愣，赵决咬了口小笼包，看到我的样子，笑了笑，摸了摸我鸟巢一样的头发，问："怎么啦？"

这一瞬间，我竟然很丢脸地想哭，并且特别没有良心地觉得，天塌了其实也挺好的。

04　这是一支拉出去可以当男模的队伍

吃完东西之后我给李秋白和柯宇各找了一套休闲服，让李秋白把头发扎了一个马尾，然后我去地库开车，带着三位"祖宗"一起去了趟商场，打算买点儿日用品和食物。

李秋白不愧是仙界大佬，见过的世面多了，看到啥都不觉得稀奇，完全没有一般"古穿今"人士表现出来的没见识；反倒是柯宇，跟有多动症似的，这里摸摸那里碰碰，如果不是长得秀气无害，可能已经要被超市工作人员警告了。

比较省心的还是赵决，不但帮忙选东西，还会帮忙开车，气场和言谈举止也比较正常。

不过赵决去称水果的时候，柯宇偷偷凑了过来，低声跟我说："别太相信他。"

我："别挑拨离间，我不吃这套。"

柯宇撇了撇嘴，冷笑："你以为我们是怎么打起来的？谁挑唆的？"

我看了眼不远处的赵决，心想这倒挺符合故事里那个大魔王的人设。阿土活着的时候人太好太善良，所以故事里的赵决虽然有阿土的个性与习惯，却会算计别人、保护自己，虽然经历了很多磨难，但他有爱人，也有朋友，一直活到了大结局。

现在站在这里的这个人，是故事里的赵决。他不是我的朋友阿土。

我有点心酸，表面上还是很云淡风轻："我觉得这样也挺好的。"

其实这件事情我早就知道了，毕竟系统通报的时候对他们的称呼是：肇事者1号、2号和3号，可见在毁灭世界这件事上，他们的贡献度应该差不多。

柯宇意味深长地望了我一眼，这个眼神我读懂了，应该是在说：哦，天哪，这是个傻子！

就在这个时候，那个沉默了几个小时的透明屏幕又出现了。

定时通报：天塌进程 63.4%，请尽快采取行动。

提示框好像只有我自己能看见，周围走过的人还有柯宇他们对此一概不反应。我看了下时间，离上次通报只过了2个小时不到，可见天塌的进程很快，没有多少时间可以让我们磨蹭了。

赵决回来，看到我的脸色不大好，也猜到了情况不妙，我们很快扫荡了一些内衣、鞋子以及简单的保暖物品，匆匆结账出来。

"得尽快订票出去。"回去的时候我坐在副驾驶上说，"我刚查了下，比较可行的方式是坐游轮，这样离你们给的坐标应该还是比较接近的，我的美签还没过期，应该没什么问题……不过你们拿什么护照？有签证吗？"

李秋白没答话，柯宇阴森森地说："你说呢？"

我："……"

⟨05⟩ 豪华游轮之旅

后来这个问题还是靠一个小时熟读原著的赵决提出了解决办法。

"我记得柯宇的随身智脑可以干扰大部分电子设备，游轮现在使用智能识别方式，登录的时候插入我们的资料页应该就 OK 了，实在不行的话，烦请李仙师做个障眼法？这个应该不太费力气吧？"

李秋白矜持地点点头，柯宇从鼻子里哼了一声，没再继续鄙视我。

我从后视镜里看了会儿那两人，有点感慨，也有点没脾气：别看现在两个人看上去都挺像样子的，但这都是大结局的状态了，之前他们都是真的惨。

李秋白

天生仙骨，一生顺风顺水，大道得证前一日得知自己是宗族的试炼品，一生苦功，皆为他人作嫁衣，被宗门师长、兄弟共计十二人囚禁后削骨剔心，身死道消。后凭少年时无意中分出去的一束神魂夺舍山野间一濒死少年，重得身躯，从此走上报仇雪恨的道路，其中光他受过的苦、遭过的难，拎出来估计能有个一百多万字。

柯宇

草根少年，在偏远星系捡了六十多章的垃圾，好不容易搞到艘船结果还被人坑了，连人带船被拐到了海盗窝，好不容易在海盗窝里遇到了一生挚爱，还没表白呢，小姑娘就死了。后来虽然靠着自己的实力成功逆袭成了元帅，但上头打压歧视制衡，下面各种造反、不服管教，熬到大结局时都快脱发了。

私心说一句，虽然我塑造他们的时候也是花了心思的，但当时主要还是迎合市场美强惨的主流审美，所以把他们写得特别倒霉。

不像赵决。

赵决是亲儿子，一向只有他碾压别人，没有别人祸害他的。

柯宇发现我看着他，也没好气，跟李秋白小声地嘟囔："我翻了下书，这人也太偏心了。"

李秋白在后座仍旧盘着腿，懒洋洋地剥着一个橘子："哦。"

柯宇："同样是男主角，凭啥我俩这么惨？"

"足下真是事多话多。"李秋白悠悠然道，"能活着就不错了，你还提要求，当心他搞个番外把你写死。"

柯宇："……"

李秋白，适应能力和学习能力超一流，名副其实的BKING，后发制人，诚不我欺。

〈06〉我说错了，这是中老年旅游团才不是什么男模团

两天后我们从S市登上一艘叫"海上公主号"的游轮，我订的都是双人间，本来应该让赵决和柯宇或者李秋白一间，我和剩下的那个一间，好略微看管一下两位，免得他们和这里格格不入，闹出什么幺蛾子来。

不过李秋白一上船就蒙头睡觉，他声称是因为要使千万里外的长明宫不显不堕消耗了大量精力，但以我对他的了解，他应该单纯就是太懒了。

不过柯宇对此还挺高兴的，他说自己怕吵，一个一天到晚睡觉不讲话的室友实在太完美了，非要和人家一间房。我强烈怀疑他要趁这个机会做点什么，但又没有证据。

后来我想了想，李秋白虽然现在不能用什么大神通，但半仙之骨在身，再怎么样也吃不了什么亏，于是就欣然同意了。

头一天晚上大家去餐厅吃过了饭，李秋白回去睡觉，柯宇去甲板上看星星，我和赵决就在房间里玩24点。

说到24点，我以前玩不过阿土，现在理所当然也玩不过赵决。

"我一直有个疑问。"我感慨，"照理说，你们都是我写出来的，我应该是你们所有人的智商上限，但为什么好像事实并不是这样的呢？"

赵决抬头看了我一眼："你搞错了一点，所有空间都是真实存在的，人当

然也是，所以我、李秋白、柯宇，我们都是实实在在的人，只不过生活在另一维度的空间里。当另一个世界中有构建者进行'创造'，并且其创造内容和我们的世界恰好吻合，那么我们的世界就此成为高维度世界下的'次级空间'。"

我思考了一会儿，点点头："有点明白了，你们是你们，我是我，我没有写这个故事的时候你们就存在了，而当我写了这个故事，两个世界的从属关系才正式形成——这是一个概率问题。所以，并不是我创造了你们。"

赵决点了点头："你只是建立起了两个世界的联系，所以我比你聪明，这很正常。"

我："谢谢你开诚布公地鄙视了我的智商。"

赵决笑了："不过我一看见你就觉得很有亲切感，毕竟，你光凭想象，就描绘出了我的人生。你很了解我，可能是这个世界上最了解我的人。"

我不说话，低着头抠脚。

可拉倒吧，我自己还没活明白呢。

〈07〉 万有引力

这一个晚上我睡得并不踏实，天塌进程已经到了 69.6%，说明我们头顶上那两个玩意儿快要撑不住了。

但周围的人却是那样平静，仿佛丝毫没有感觉，我一方面觉得这有一种距离感，一方面又很庆幸：如果大家都知道了，情况可能会变得很麻烦，你得控制舆情；而舆情这个东西往往又和人的思想挂钩，是最不好控制的。

我一直在翻身，在叹气，赵决却好像睡得很好。凌晨两三点的时候，我们的门被敲响了。

敲门声很急，我忐忑地爬起来去开了门，发现是柯宇，他表情前所未有的凝重。

"这附近的引力不大对劲。"他说。

我一开始有点没理解他的意思，他进了房间，关上门，用个人智脑调出了两张照片，一张是白天启航的时候拍的，另一张乌漆墨黑，应该就是刚才拍的。

赵决不知道什么时候也醒了，凑过来："吃水差很多。"

我有点无语："我们这还在 C 国海域吧？这么快就到百慕大了？"

"应该和百慕大没关系。"赵决想了想，"可能是引力对冲，柯宇你那破船是不是转到附近上空了？"

帝王蟹号和长明宫是受到引力制约的，但和地球自转速度不同步，因此的确很可能一直在移动。

柯宇翻了个白眼："反监测系统开着呢，控制钮也不在，我上哪儿知道它搁哪儿飘着呢？"

赵决："把李秋白弄醒问问。"

李秋白这厮其实根本不需要睡觉，他睡觉就是装个样子，可能在冥想，更可能在发呆，因此把他叫醒并不费什么事儿。他一醒，事情就基本清楚了。

"本座的寝殿，此刻的确在我们的头顶上方。"

"能挪开些吗？"我问。

李秋白："可以。"

我刚一喜，他就接着道："挪开了那大螃蟹就掉下来了，你们确定？"

柯宇："……你才是个螃蟹呢！"

⟨08⟩ 来自深海的恶意

调解完李秋白和柯宇之间薛定谔的矛盾后，赵决总结："这俩东西加在一起质量太大了，距离地面太近，海水受到了影响，海平面明显开始上升。"

我问："目前来看，好像也没有什么危险？我看船行得还挺平稳。"

赵决笑了笑："海水有明显倾斜度，有80%的可能会形成气旋，俗称'海龙卷'。"

我："行吧。"

李秋白忽然插嘴："还有个事。"

他这稀松平常的口气，不知道为什么让我有点心惊胆战："你说？"

李秋白："我睡觉的时候做了个外视，一个时辰前开始，下面有个东西一直跟着我们。"

我问："什么东西？"

"挺大一个，比船大一点。"李秋白比画了一下，"有一个很圆的头，很多脚，脚上有吸盘，很难看。"

柯宇想了下："鱿鱼？"

我没忍住打断他："鱿鱼脑袋是长的，这个明显应该是章鱼吧？"

柯宇大声道："比船还大的章鱼？李秋白你逗我们呢？"

现在谁还有工夫逗谁啊！

这个时候大概是半夜两点多，除了晚上偷偷摸摸幽会的男女，甲板上已经没有人了。我们四个大男人排成队走到甲板上，冷风飕飕地吹。

我趴在船舷上，睁大眼睛拼命往下看，但什么都没看见。李秋白站在甲板上闭着眼睛，在那里念念有词地指着海面："头在这里，一只触手在这里，另一只在这里。"

他一边说我一边在脑内构思大章鱼的姿势，发现实在有点猥琐："它为什么要把自己拗成一个蝴蝶结？"

柯宇："有点把吃奶的力气用出来的感觉——可能是想把龙骨拗断？"

他可能是想开个玩笑活跃下气氛，不过说完之后，没有一个人笑。

柯宇沉默了两秒。

"哼！"

09 无心而力战

柯宇骂完人，低头飞快地开始拆解自己的智脑。

我问："你这是要干吗？"

柯宇："里面嵌有一个备用能源，必要时能够发出电击，我试试看能不能电晕它。"

我问："能不能行啊？"

柯宇："废什么话，不试难道就看着船翻啊？"

他行动力果然很强，从手表表盘一样的智脑里取出了一小块蓝色晶体，又拆了几个金属部件，拼接成了一个极小的投掷器一样的东西，然后对着黑暗中的海洋掷了出去。

"噗"。

那蓝色的小光点很快消失在海水中。

我问："投中了吗？"

柯宇："我也……"

他一句话还没说完，巨大的游轮忽然猛烈地震动了一下。

柯宇大笑："哎哟喂，投中了！"

船身摇晃了那一下后，平静了两秒，接着又剧烈地震动了起来，一只有主桅杆那么粗的巨大触手从黑暗中翻卷起来，"啪"的一下打在了甲板上。

钢筋做的甲板被抽出了一条裂缝，一瞬间我手脚冰凉，幸亏有人拉了我一把，朝旁边避了一下。

我一看，拉我的人是赵决。

刚想说句谢谢，赵决又把我往旁边一带。只听甲板上响起了女人的尖叫声，一对躲在黑暗中的小情侣惊慌失措地往舷梯那边跑，头顶上，一左一右两只更粗壮的触手盘旋着砸了下来。

柯宇大骂了一句，顺手抄起个甲板上装饰用的木桨就冲了上去，用力一抡。他力气还挺大，那触手被他打了回去，不过另一只触手从后面过来，结结实实地抽在他背上，把他打得沿着甲板滚了两圈，一边滚一边朝那对小情侣喊："还不快下去啊！"

小情侣哭唧唧地爬起来朝舷梯下面跑。

柯宇抓着木桨居然又站了起来，半边脸都是血。

他就是这个性子，挺狠的，什么都不怕，要不然怎么能成功逆袭呢？

也许是感受到了我的目光，他瞪了我一眼："你俩也滚下去，赶紧的，添什么乱呢。"

我不想下去，看了眼赵决："要不你也下去？我先留下来看着他们？"

赵决没动，眼神有点复杂地看着我，接着又看甲板。

李秋白也站了起来，一袖子把柯宇拂到了一边。这个时候甲板上已经没有别的人，他的白色 T 恤鼓起来，整个人的气场瞬间也改变了，从一副懒洋洋的样子，忽然变成了我想象中的仙门宗师的模样。

他抬起手臂，那只翻卷上来、刚刚抽了柯宇一记的触手，忽然在半空中绞了起来，越绞越紧，越绞越紧，接着"吧唧"一声，断了。

船底下有什么东西发出了一阵难以形容的哀号。

接着，海面上又恢复了平静。

过了好一会儿，李秋白才将手臂放了下来，用他一贯有气无力的语气说道："好了，跑了。"

我目瞪口呆。(Ω Д Ω)

等等！

这是发生了什么？！

李秋白你告诉我！所以刚才我完全就是着急了一场寂寞是吗？！

⟨10⟩ 吐个血玩儿

柯宇被淋了一脸的章鱼血,味道特别腥,我们回到房间的时候外面开始乱了,估计是那对小情侣去叫人了。

柯宇把身上的T恤脱了,我一看吓了一跳,他背上一整块又红又青,都是淤血,可见刚才被抽的那一下不轻。

幸好我们订的是高级客房,设施都很齐全,我去找了一个应急医药箱出来,给他涂了点云南白药。其实涂这个可能没啥用,但我也不知道还能干啥。

柯宇自己却不太在意,还在吃行李里带的葡萄干,赵决出去看情况了,李秋白坐在旁边不动。我看了眼手里的绷带,耐着性子问李秋白:"仙尊啊,搭把手行不?"

李秋白懒洋洋地看着我,伸出了一只手。

我:"……"

柯宇毫不客气地哈哈大笑,结果扯到了背,"哎哟哎哟"地又开始叫。

李秋白极其罕见地笑了一下。

也就是因为这么一笑,之前他一直强忍着的东西没再忍住,一张口,一口鲜血吐了出来。

正好坐在他对面、刚把脸擦干净的柯宇下意识地开骂:"我……"

但这句话压根没说完,因为李秋白马上又吐了一小口血,他的脸色苍白,嘴唇血红,样子极其诡异。

柯宇扶住他,我去摸他的额头,温度很正常,但就是不停地吐血。

柯宇:"你这什么情况?"

"耗损过度了。"李秋白挺无所谓地道,"我不是说了吗,除了维持长明宫的状态,还要钳制住你那螃蟹。"

柯宇抓狂:"能别提螃蟹了吗!我都快被你这词儿洗脑了好吗?"

⟨11⟩ 偏心

赵决回来的时候,我正从柯宇他们的房间里出来。

柯宇趴着睡着了,李秋白在打坐休息。

我朝赵决点点头："没事，受了点伤，都休息了。"

赵决也点头，我们并肩回到房间，我问："上面情况怎么样？"

赵决："甲板上留下的痕迹很明显，那对小情侣可能添油加醋地说了许多，船长是个希腊神话死忠爱好者，一口咬定那就是传说中的海妖……"

我目瞪口呆："这也行？"

"也不一定。"赵决看了我一眼，"他们心里可能也清楚到底是个什么东西，不过海上行船的，不迷信点不行。"

我记得船长不是那种典型的跑船人，是个挺儒雅的中年人，戴着眼镜，不过身材保持得很好，脾气好，讲话也很有趣，早上我拿餐的时候经常和他聊天。

赵决今天总有点欲言又止，好像想和我说些什么，又没有想好应该怎么说。

我坐在床上，他已经去洗澡了，等洗完澡出来，看见我还是一模一样的姿势，他也吓了一跳。

他这个人，大部分时候都比较冷静，也比较冷淡，所以吓了一跳的样子其实挺稀罕的。我想起阿土那个时候也是这样，总是一副波澜不惊的表情。

他们其实很像。

而我居然基于一个人的形象，完全靠想象描绘出了另一个人的人生。

太不可思议了。

我在那里思绪万千不说话，赵决可能也有些焦躁，他拿毛巾擦了擦头发，似乎是下了决心，坐到我旁边。

"你有什么事？"他问。

他的头发还是湿的，水滴滴答答落到我的衣服和裤子上，我也莫名地觉得有些焦躁，转过身来，认真地说："我觉得你晚上好像有点奇怪，是不是有什么心事？现在任何问题都不应该被隐瞒，你可以说出来。"

赵决一点也不松口："我还以为是你有话要和我说。"

我有点生气："不带这么倒打一耙的！明明就是你有话想说！"

"你真的……"赵决看了我好一会儿，忽然笑了笑，"笨是真笨，敏锐也是真敏锐。"

我自动忽略了某个形容词，立刻抓住重点："所以你真的有话说。"

赵决："嗯，你想听吗？"

这不是废话吗！

赵决把头发擦干，将毛巾揉成一团投进了洗衣篮。他挨着我坐，因为人很高，腿也长，膝盖是拱起来的，他就只能往后靠一靠，手肘撑在柔软的床铺上，很像小时候我们和小伙伴一起看星星时候的样子。

"在甲板上的时候，柯宇冲出去了，李秋白一直没有退后，你没有叫他们回来。"

他的声音放得很轻。

我声音闷闷地："嗯。"

"但是你却问了我。"他说，"你没想过我也会和他们一起，在当时那么危险的情况下。"

这的确是我做的事情，我没有办法反驳。

赵决靠在后面，我笔直地坐着，他伸出手，又摸了摸头发，继续说："你了解他们，你知道他们就是这样的人，柯宇会为了不认识的人上去硬拼，李秋白面上表现得那么懒惰，好像什么都不在乎，但花了那么大的力气，坚持不让长明宫掉下来，整个人可能已经虚脱了吧？但他还是去救人了。"

我轻声回答："嗯。"

赵决说："你喜欢这样的人吧？不论外面表现得怎么样，他们骨子里都是纯净的，他们不考虑后果，只做自己认为正确的事。你认可他们，所以当他们往前走的时候，你绝不会让他们后退。"

"但在你心里，我却不是这样的人。"

"对吗？"

12 别别扭扭

这问题我没法和他解释。

我不可能告诉他，我潜意识里还是将他当作阿土，毕竟他有着阿土的身高、阿土帅气的长相、阿土的聪明才智、阿土对人那种温和的疏离感。他是我笔下的第一个主角，即使他并不是真的阿土，但却是最接近阿土的存在。

所以他不能上去拼命啊。

他不能像阿土一样，因为救人而死掉。如果他真的那么做了，我可能会崩溃——这是我心底的秘密，我没有办法将这些都告诉赵决或者任何一个人，因为一个大老爷们有这种七弯八拐的心理实在是太变态了。

也许是我的沉默触动了赵决，他缓缓后仰，平躺在了床上，轻声道："我很自私，这原本没有什么，但是当我意识到我的联系者也习惯于这一设定的时候，说句实话，我有些难过。"

他听上去情绪很低落。我不知道我存在的这个世界是否也有上一级空间，是否也有人在书写我的故事，所以我不太能理解他此刻的感受，但赵决看上去对这件事很介意，这就让我很难过。

于是我也躺在了床上，和他的肩膀靠在一起。

"你别……哎……"我尝试着拍了拍他的肩膀，"你是个很复杂的人，不是单纯的好或者坏，我写的时候花了很多心思的，总之真的……有特别的意义！"

赵决："什么特别的意义？"

我说："衣食父母啊！没写出你之前我可穷了，差点流落街头，这是救命级别的特别啊！和你比，柯宇和李秋白算个毛线啊！"

赵决愣了愣，过了会儿，伸出手臂一把将我揽了过去。

他的手很热，我也伸出手来，结结实实地和他拥抱了一下。

"谢谢你。"

他低声说。

⟨13⟩ 你就说吧！这艘船上到底谁说了算！

天塌进程71.2%。

柯宇和李秋白真的是很神奇的存在。好像从我一见到他们开始，他们就在吵架，吵到现在居然有种越吵越和谐的感觉，以至于他们很安静的时候，我还觉得有点无所适从。

现在我们四个人正在餐厅里围坐着吃早餐，柯宇已经活蹦乱跳了，好像昨天被触手抽的那一下对他一点影响也没有；李秋白的脸色还是很苍白，不过比昨天好了很多，看样子也不用再吐血了，他正兴致很高地剥着咸鸭蛋……

柯宇喝了口果汁，跷着腿问我："下一步听我的吧？赵决补充，其余人配合。"

这我得承认，草根指挥官柯宇，一路爬到这个位子，绝对有他的过人之处，上得去台面的他行，走暗手的他也行，毕竟我给他的设定就是这样的。

李秋白没有意见，这种事对他来说可能太低级了；赵决也没什么意见，有人干活的时候，他一向是乐于旁观的。

柯宇说："早上我看了一下，这个引力是个大问题，最多一两天海面就要连着天了，还是得把这船人忽悠到近陆去。我们离目标位置已经不是很远了，可以搞艘救生艇，或者等船靠岸，自己租条小船去，反正江天有钱。"

他说到这里，赵决看了我一眼。

我明白他的"眼下之意"，他在告诉我，你看，都这份上了柯宇还想着这船上的人，果然是好人。人家是好人，只有我是坏人。

这人简直钻牛角尖里出不来了，我忽略了他这个表情，转而问柯宇："怎么个忽悠法？"

柯宇眼珠子转了转，道："昨天我看星星的时候研究了一下，这小破船还挺先进，有卫星航路与标记，挟持是没用的，人家调度中心一看航向变了，估计得派救援队，事情更麻烦。最好的办法，还是得叫他们自己找地方靠岸。"

赵决："你的意思是？"

柯宇："检修。这种豪华大游轮最怕发生事故，而且这又是公海，附近海况很复杂，如果船出了问题，那肯定要先去检修的。"

我："可船没坏，你要把它搞坏？你把得住那个度吗？万一船真的沉了怎么办？"

柯宇猛地拍了下桌子："谁说要真的搞坏了？！江天你不插嘴会死是吧？"

我吓了一跳，赵决说："坐好，淡定点，拍什么桌子。"

柯宇还是挺忌惮赵决的，也不瞪眼睛了，叫了声："李秋白。"

李秋白纡尊降贵地点了点头："那玩意儿还跟着呢。"

我没反应过来："啥？"

赵决替他回答："缺了条腿的那位大兄弟。"

"昨天那条大章鱼？你咋知道的？"我皱了皱眉，看向李秋白，"哥们儿，不是我说你，外视很耗力气的吧？不是应该好好休息的吗？"

李秋白莫名其妙白了我一眼。

柯宇没好气地在旁边哼了一声："外视个屁啊，他昨天吐完就睡着了，叫都叫不醒。那傻头傻脑的八爪鱼昨天半夜扒在我们房间窗上，堆了一窗台，我怀疑它是个受虐狂。"

我说："你别瞎说，这类物种就是慕强心理，你不懂……我们说正事，你的计划呢？和它有关？"

柯宇得意地笑了起来。

"我准备训练一下它。"

⟨14⟩ 一只章鱼的无奈

随便吧，放轻松，就算他现在说要去驯龙，我也应该冷静地微笑。

反正还有赵决在，出不了大事。

柯宇吃完早饭就真的准备去驯鱼了。他和赵决商量了一会儿，赵决去了一趟服务中心，回来的时候拿了管笛子。柯宇拿了笛子，挺高兴地跑去下面船舱了。

我问："你给他笛子干吗？"

赵决说："那天看到大兄弟头部外侧有两个平衡泡、结晶囊——它的听力应该很好，对振动发声的乐器应该特别敏感。"

我想象了一下那个画面，忍不住竖起拇指："牛。"

赵决没吭声。

我们回到了房间，一直到晚上柯宇都没回来，倒是外面又有了动静，好像船长带着乘务员一间房一间房地在敲门。

我打开门朝走廊那头看了眼，结果在几个乘务员身后看见了昨天甲板上那对小情侣。

"来认人了。"赵决也看了一眼，"我就说这船长心里明白着呢。"

我倒不是特别担心自己被认出来，毕竟我当时也没和他们讲话，离他们最近的应该是柯宇，柯宇还叫他们快下去来着，估计印象会比较深刻。

于是我特别有恃无恐，很悠闲地开始看电视，等敲到我们这一间的时候，我就站起来，慢吞吞地去开门。

门外果然站着船长，他们朝屋里瞧了一眼，十分客气地说："两位先生，方便吗？"

我装作很疑惑的样子："什么事？是船出问题了吗？我还想问你们呢，昨天船震成那样，这个安全问题你们能够保障吗？"

跟在船长后面的大副很官腔地拍胸脯说船没有问题，然后说："昨天晚上风浪大，有人在甲板上受伤了，两位没受到影响吧？"

我当然说没有。

后头那俩小情侣中的女孩一直在瞧我，瞧完我又去瞧赵决，看到赵决，那女孩子跳了起来，扯住男朋友的袖子："就是他！就他俩！他们在甲板上！"

我吃了一惊，心想乌漆墨黑的，你这是激光眼吗？

大副也挺怀疑的，问她："你确定？"

"确定啊！"这小姑娘叫起来，"四个男的，长相都不赖，两个两个凑上面约会，我能记不住吗！"

我约哪门子的会啊!

〈15〉 天翻地覆

我回头瞪赵决,赵决还在笑。

我也只好努力挤出一个僵硬的微笑,刚想再说两句什么,船体忽然又剧烈地震动了起来!

这次比上次还夸张,上次只是震动,这次已经开始左右摇摆了,在那富有节奏的摇摆中,我似乎听见了隐隐约约的笛声。

柯宇,你可以啊!

这下没人顾得上我们了,大副扒着门让我们都先回房间,自己拿着对讲机往后面舱室跑,留下小情侣和我们面面相觑。

我:"我们真没在约会!"

小情侣吓得直哆嗦,也不知道听见了没有,牵着手一溜烟儿也跑了。

赵决已经去敲门将李秋白叫了起来,往外面走的时候我们撞见了浑身湿淋淋的柯宇。

我吓了一跳:"你下水了?"

"别提了。"柯宇摸了一把脸,"这傻大个以为我跟它玩水呢,喷了我一身。"

赵决扯了一把我们几个:"走。"

我跟着他往外走:"就这样能行吗?他们会返航?"

赵决:"天气的变化已经显而易见,乘客也开始恐慌了,这种大游轮抵不住这种压力和风险,肯定会就近找港口停靠的。"

"就你跟他还废话。"柯宇走到边舷处,张开双臂,大笑,"来,哥带你们飞!"

我没太明白他的意思,我一直以为我们要偷个救生船。这时候已经开始下雨,风也很大,我顶着风有点睁不开眼睛,往下一看,啥都没有。然后我一回头,柯宇已经跳下去了!

我:"?"

我还没来得及叫一声,赵决一把把我也拉了下去,我用眼角余光瞥见李秋白也跳了。

跳个船而已啊!

你这表情搞得跟下凡一样有必要吗!

有赵决在，我当然不可能会摔死——就在我入水前的一刹那，水底下冒出来个东西，麻溜地把我们给截住了。

那个东西滑溜溜、黏糊糊，上面还有不规则的圆形凹凸，一股海鲜味儿。它这触手还挺粗壮的，我骑在上面，感觉还挺稳当。

我朝旁边一看，柯宇也跨着一只触手，手里还握着笛子，装模作样在吹。

赵决坐得比我们优雅一些，最夸张的还是李秋白：他那只触手明显是几只里面最粗的，翻出水面打了个卷儿，李秋白就盘膝坐在那个圈里，跟屁股下面生了个莲花座似的，特别后现代。

柯宇吹着笛子，我们贴着水面，缓缓地离开了那艘船——它已经开始调转方向，朝陆地驶去了。

我松了口气，风雨仍旧没有停，我们的衣服都已经湿透了，幸好不是冬天，所以只觉得有些难受，并没有很冷。

这种感觉很奇妙。

良久，柯宇放下了笛子，四周暗沉沉的，他忽然说："其实我挺高兴的。"

我问："你高兴什么？"

柯宇："我一直以为没什么人真正地了解我，我做了很多事，有很多人喜欢我，但我没什么真正的同行者。不过现在我有点明白了。"

赵决问："你明白什么了？"

"我们有那么多的空间与宇宙，基数太大了。"柯宇说，"你只是没看见，并不是没有，其实一直有。有人会写我的故事，有人会读，我不是一个人在走。没有人是真正孤独的。"

我仔细想了想他的这句话，觉得很有道理，就连李秋白也在点头。

柯宇高兴起来，开始大声唱歌，也不知道是哪个犄角旮旯星系里的民歌，特别摇滚，他声音不错，就是节奏感不好，唱得我肚脐眼发痒。

李秋白大概是看不下去了，把他的笛子拿去，吹了个曲子。

如听仙乐耳暂明。

头顶上黑云密布，我却觉得这样还挺有意境的，赵决从旁边伸出手来，拍了拍我的肩膀，然后握了一下我的手。

太奇怪了，这种"我不是一个人"的感觉，其实从阿土死之后，就再也没有过了。

但是柯宇说得对。

没有人是真正孤独的。

因为宇宙无限，一切都有可能。

⟨17⟩ 第一道雷

我们四个人坐着大兄弟一路往既定目标前进。

这个画面实在太中二，我自己都有点不好意思看，柯宇倒很坦然，反正估计更奇葩的东西他都驾驶过，这不算什么。

雨一直没有停。

天塌进程已经跳到了83%，我抬头望去，头顶上黑压压的，水面一直在涌动，到后来大兄弟也有些疲软，好像有点害怕。

李秋白拍了拍大兄弟的脑袋，它缓缓地往下沉去。留我们几个在水面上载沉载浮。

我大声问："要怎么做？"

柯宇说："飞船控制钮有安全系统，不会沉底，它和我的个人智脑有对接，等到了附近，我要做一些操作，让它自动向我靠近……但不能受到干扰。"

赵决问："什么干扰？"

"雷击。"柯宇说，"个人智脑的对接方式比较特别，过程中发送信息流的方式很容易引起大范围雷击，需要你们帮忙。"

他说着从个人智脑抽出一根细长的金属状物质："你们可以理解为这是一种简易的避雷带，需要你们在我周围把它张开。"

我松了口气，还以为是什么很困难的事，结果就是张个网，这也太简单了。

柯宇看着我的表情，"嘿嘿"笑了两声："等雷真的劈下来，你再说简单试试。"

于是我们三个浮在水里，绕成一圈握着那细细的金属线，柯宇在中间弹出透明的指示屏，开始进行操作。

很快，我们就感觉到了周围的异样。

云层翻滚得更加汹涌，我们周围渐渐出现了蓝色的粒子流碰撞出的弧光。

接着，第一道雷，来了。⚡

18 灯

前一秒钟我在想，我一个 X 点写手，我会怕雷？

后一秒这雷直接奔着脸来的时候，我是崩溃的，双手不停地抖。

赵决一直握着我的一只手，李秋白握着另外一只，他们都很镇定。

毕竟赵决是个救世主，而李秋白是八十八道天雷都没有劈死的男人。而我作为一个废柴夹在中间，连胆怯都觉得不好意思。

幸好柯宇给的避雷带很高级，雷劈下来后只是很晃眼，耳朵被震得发麻，但不会打到身上。只要不抬头去看，不要抖得太厉害，问题就不是很大。

不过这只是开始。

处在粒子流的围绕下，我整个人都是麻木的，雷不停地在劈，声音似乎越来越响，柯宇的双手在空中快速地移动，打出一条又一条导向指令。

时间忽然变得很模糊，我感觉到自己的耳朵里有温热的液体流下。

赵决的目光忽然凝滞了，他看向我的身后。

我回过头，便看到了多灾多难的公主号。

它于海浪里前行，船头亮着灯。

在一片静谧的黑暗里。

19 命运

柯宇抬起头，也愣了，接着抹了一把脸："他们这是鬼打墙了？"

大家都满腹疑问，接着船头有探照灯打下来，船长抓着一根缆绳，拿了个喇叭，艰难地朝下边喊："你们没事吧，别怕哈——我——们——来——救——你们——了！"

我、柯宇、赵决、李秋白："……"

船长："快——上来——吧！我们——特意——回来的——！追了——好久呢——"

我："……"

我错了！是我选错船了！我不是故意的！

眼看公主号就要进入雷击范围，李秋白忽然将手中的避雷线一放。

我没有拉他，他低头看了眼柯宇，居然还解释了一句："我上去看看。"

柯宇没好气地道："行，滚吧。"

李秋白笑了笑，忽然从水中浮了起来，越升越高——他身上仍是我60多块钱买的T恤和牛仔裤，但又仿佛变成了另外一个样子。

那个历经人世磨难却常怀赤子之心的仙山掌门，在他抬头摊开掌心的那一刻，又面目鲜活起来。

下一刻，雷暴击而落，从他的掌心，忽然爆发出强烈的白光。

万千光华从他掌心流溢，凝结成一个巨大的、透明的防护罩，将整艘公主号罩了进去。

雷击打在了防护罩上。

李秋白的脸被撞击时迸发的光芒照亮，他的脸色惨白，但神态却无比从容而坚定，五官都缓缓淌出了血。

天空上仿佛有什么东西压了下来。

浪仿佛变得有实质，打在身上，居然很痛。

李秋白低头又看了我们一眼。

那眼神很复杂，仿佛是欣慰，又仿佛是解脱。

紧接着，更多的雷应声而下，将他所处的位置，映成了再也看不清楚的一片亮白。

柯宇厉声叫："李秋白——"

20. 沉没

海面重归黑暗。

柯宇的喘息声很重，我和赵决游过去扶他，他的后背濡湿，腥气很重，可能是昨天的伤口都裂开了。他的身上很烫，可能发烧已经很久了，却硬撑到现在。

"江天。"他喘息着道，"刚才智脑掉下去了。"

我扶着他，觉得耳朵、鼻子都很痛，开始龇牙咧嘴："你别说了。"

柯宇说："没关系，人本来就不是做什么事都能成功的。你看到李秋白了吗？他掉下来了吗？"

我说："没有看见。"

"你别太难过。"柯宇说，"这不是我们的空间，说不定死了，我们就回去了。还是你比较倒霉，你多担心担心自己吧。"

我声音也有些变了，嗓子哑哑地说："知道了。"

天塌进程93%。

我们托着他的身体，赵决除了托着他，也一直撑着我。

柯宇好像已经神志模糊，赵决则很久都没有讲话，这个时候他看着我，忽然又抬起手，摸了摸我的头。

我的心里忽然生出一种恐慌来，我很快抓住他的手。

"赵决。"

他笑了笑。

"别怕。"他说，"江天，你别怕。"

说着，他毅然放开了我的手，往下沉去。

我的眼前一片模糊，清楚地知道他不是阿土。

但阿土，我的哥们儿，也是这样，和别人说着别怕，然后消失在了水里。

赵决呢？他也会消失吗？

我抓着已经昏迷的柯宇，在一片黑暗的水域里浮沉，周围是那么的安静，几乎没有一点声响。

时间好像过去了好久，公主号上没有动静，可能是李秋白留下的那个结界隔绝了声音。那一段时间里我完全不知道自己身在何处，只是机械性地隔一段时间就探探柯宇的鼻息，确保他仍旧活着。

然后，那一道柔和的光线，忽然就降落在了海面上。

那其实是个庞然大物，一时几乎遮蔽了整个空间，它有着漂亮的流线体外形，是一种很奇特的银灰色，两侧各有四个辅助翼。

光线就是从这个大家伙的底部照射出来的。

这个造型，让我沉默了一会儿。

八只脚的……帝王蟹号？？？

紧接着，一个人浮出了水面，他手中除了智脑，还有一个发着光的、银色的梭状物体。

他的头发是湿的，样子十分狼狈，眉毛和眼睛被海水濯得发亮。

他望着我，眼睛里都是笑意。

"赵决！"

我拖着柯宇，拼命朝他游过去。

电子屏再次出现，天塌进程的数字不停回退，最后停留在了"0"上。

⟨21⟩ 哦！你看看这个"大宅蟹"！

柯宇的这艘船，跟个苦行僧似的，到处硬邦邦的。

我找了个飞行舱睡了两天，醒来的时候，柯宇正在拿治疗仪折腾李秋白——柯宇的身体素质真不赖，烧了几个小时就醒了。我们用飞船上的扫描系统找到了李秋白，这家伙被劈晕了，差点被大章鱼带回家。

柯宇似有所感，知道自己随时能够回去了。

"很简单。"柯宇说，"感觉你有了个导航器，你只要告诉自己，我要回哪个地方，就可以直接回去了，挺神奇的。"

我问："那还会回来'祸祸'我吗？"

"单程票。"柯宇嗤笑，"还回来，你想什么呢？"

我看了眼还在昏迷的李秋白："这家伙你打算怎么办？"

柯宇说："先带回去看看吧，他这个样子自己也回不去，我们那边医疗条件好，我给他养养，总能治好吧。"

我点了点头。

这句话问柯宇好像很轻松，但不知道为什么，我却一点也不敢问赵决。

柯宇把我们送回了家，然后就消失了。

我们没有告别，对于徜徉在银河之中的指挥官来说，告别，似乎是一件很幼稚的事。

⟨22⟩ 始作俑者

赵决并没有提要离开的事。

回来的那天是个早晨，我们一起去附近的小店吃了早茶，然后去小菜场买菜，中午煨了面，还吃了水果。下午我翻出红白机，我们玩了一会儿超级玛丽。

"再玩一个游戏吧。"我握着手柄，"每人说一个秘密，怎么样？"

赵决："好。"

我说："你先。"

赵决想了想："我翻过你的影集，知道你有一个叫许图的朋友，和我长得很像……我还看到了你写给他的信。"他转过来，看着我的眼睛，"所以，我是他的替代品？"

我说："你一直是赵决，无论有没有遇见我，你都是赵决。你是谁，不应该与我有关，也不应该与任何人有关。"

他想了想，表示接受，然后示意该我说。

"天塌进程，是你的能力作用吧？"

赵决抬起头，第一次露出了诧异的神色。

"我在写故事的时候，就曾经设定过，你进化的超能力就是你的智慧，这种智慧是超越时间与空间的。而在这次的事件中，你的存在感微乎其微，或者说，你一直在划水，这和你的能力严重不符。"

我停顿了一下，又补充道："我猜想，你应该很早就发现了空间的等级压制性，然后利用某种规则，制造了跨越等级的空间裂缝，在这个过程中，你不慎将柯宇和李秋白拉了进来。可我却想不通，你的目的究竟是什么呢？"

赵决道："我在找寻。"

我问："找什么？"

赵决："平静、理解。这在我存在的世界里无法达成，你知道，我很聪明，这很可怕。"

我嗤笑了一声："那你在这里也找不到。"

赵决："是吗？"

我没有理睬他，自己倒下来抱着被子睡了。

我尽量不去想这些天来发生的所有的事，睡得很舒服、很沉，等醒来的时候，赵决已经不见了，他消失得很安静，和柯宇还有李秋白一样。

我当然知道他不是阿土，从他一出现的时候就知道。即使我曾写出了他，却不可能真正地了解他。

房间里很空旷，客厅里也没有人，这里从短暂的热闹，又变回了长久的安静。

直到门"咔嚓"一声被打开。

我眼睁睁地看着这个人拿着我的钥匙走进来，将热腾腾的小笼包放在了桌上。

"我想了一下。"他看着已经愣住的我说，"怪不得你生气，的确不好白住，那我以后包伙食和家务吧，你看怎么样？"

我又愣了半晌。

"不怎么样！"我咆哮着伸腿踹他，"我是生煎党！再买小笼包你就死定了！"

Ⓖ END

今日有瓜

HERE COMES THE GOSSIP

依我看，皇室是时候该学着买点水军了。

文/清酒一刀

Search 🔍 **01**

周一晚上，新来的主编忽然打电话让我去办公室等他。上一任主编的业绩在几个项目组里排名倒数第一，我们《8181白银眼》栏目险些因此就地解散。没想到才过去一个周末，新的主编就上任了，虽然不知道他为什么要半夜来上班。

半个小时过去了，新主编还是不见人影，正当我纳闷时，手机响了："小矮同志啊，还是你出来吧，我实在是挤不进去。"

"？"

我打开门，一只硕大的爪子扒在走廊窗台上，大开的玻璃窗里还塞着半颗黑色的脑袋，想进进不来，想出也出不去。我握着手机尴尬地站在走廊上，与他面面相觑："主编？您怎么是条龙？！"

主编沉默地凝视着我。

最后拆了半条走廊，主编才得以解脱。他让我抱着电脑骑在他背上，载我去了后山坡。

龙这个族群，在一百年前就与其他种族划洲而治，独自一族住在山的那边海的那边，几乎从不抛头露面。

我想起一个关键的问题："大陆不是对龙有航空管制吗？您是怎么飞进来的？"

主编："我要是说我是飞过大海落地之后假装自己是玩具模型，蹲在一辆卡车上被运过来的，是不是很没有面子？"

"倒也没有……不过您为什么会到这里来工作？"

主编叹了口气道："长话短说，你们新闻社最近情况很不好，你们老板为了能让业绩起死回生就在网上高薪聘请了我。听说你是组里最优秀的记者，所以我今晚先找你一起制定一下《白银眼》之后的转型方案。"

"没问题。"我赶紧拿出笔记本洗耳恭听。

"你们《白银眼》上半年的采访我都看过了，过去你们一直主打社会新闻，但因为最近大陆太过风平浪静，你们报道的都是什么皇后去哪家珠宝店逛啦，王子和哪家公主疑似订婚啦。讲道理，一点意思都没有，谁想看这些东西？"

"那您的意思是？"

"人类的新闻所有人都看腻了，我们以后独家报道关于龙的新闻。"

"可是大陆上根本没有龙。"

他用一种恨铁不成钢的眼神看着我："小矮啊，当记者呢思维要灵活要开放，人的地盘对龙有航空管制，龙的地盘又没说对人进行交通管制啊！"

我张大嘴巴："您的意思是……要我去找龙？"

主编："资源我都已经联系好了，只要有龙主动给我们提供新闻线索，就有金币可以拿。"

我有些半信半疑，要我孤身去龙的地盘采访，怎么感觉有点离谱？我又没有勇者证。

主编看出了我的担心，用爪子虚拍了拍我的头，递过来一个神神秘秘的眼神："放心，咱们上头有龙。"

02

主编的策划真的有些石破天惊，本以为我还要再消化几天，没想到第二天我就接到了一条龙的电话，声称自己被诈骗了。

主编直接塞给我一个行李箱："小矮，机不可失，把这个事件作为你对龙的第一份采访我觉得很合适，不要太紧张。"

"主……主编，可我还没准备好，您为什么觉得很合适？"

主编："被诈骗的龙，智商能有多高，一个傻憨憨你怕啥？"

我无言以对。

"主编，我还有一件事，临走之前必须要问。"

"你问。"

"我既不姓矮也不叫矮，更不是小矮人族，您为啥要叫我小矮？"

主编沉默了一会儿："表面原因是你们人类在我眼中都很矮，实际原因是我忘了你叫什么，但你们为什么不能体谅一下我们龙，做一个放大五倍的胸牌让我能看清。"

"？"

"好了小矮同志，废话不多说赶紧上路吧。"

Search 🔍 **03**

我是坐在主编的背上飞跃大洋的，大陆根本没有船只跟龙族通航。

采访地点在一个偏远山洞里，四周白雪皑皑，我敲门进去的时候听到有龙在号啕大哭。他哭得实在太凶了，我不得已打开了雨伞，不知道对龙来说算不算不礼貌。

看到我进来，他抽噎声小了些，用爪子把我托起来防止我被眼泪淹到："不好意思让你见笑了。"

"没事没事，理解理解。您还要再哭一会儿吗？"

龙："不用了，我已经哭了半个月了，哭累了，现在我要曝光那个骗子。"

"您请讲。"

"这要从一百二十年前说起——那时候我还是一条幼龙，最喜欢做的事情就是去各种荒无人烟的地方寻找宝藏，我喜欢亮晶晶的金币——当然所有龙都喜欢。我努力了三十年，才用金币把这座山洞填满，你知道这对一条近视加散光的龙来说有多么不容易吗？"

"理解，我本人也有八百度近视。"

"我真的很珍惜这一山洞的金币，生怕别的龙来偷走它们。保险起见，我守在山洞里寸步不离，就这样五十年过去了……"

"什么？五十年？！"我瞪大了双眼。

"抱歉，你是对宅龙有什么意见吗？"

在龙委屈的目光下我迅速调整好表情："没有没有，您继续。"

龙："直到有一天，一盏油灯敲开了我的门……"

重点终于来了，他一边说着，我一边奋笔疾书，试图还原出案发现场。

那是一盏外表朴素的油灯，灯嘴里冒出一个年轻男人，他飘在空中，朴素地打招呼："Hello!"

当事龙："您哪位？"

男人："我是神灯，听说过吗？"

神灯曾经出现在很久之前的故事书里，龙隐约记得一点："是擦一下会实现愿望的那一种？"

神灯："没错。"

没有见过什么世面的龙十分高兴："那我想要一万枚金币。"

神灯："这个不行。"

龙："没有这么多金币？"

神灯："不是有没有的问题，我其实是那种，很少见的那种……不能打钱的……"

龙思考了一会儿："那我要一个公主。"

他也曾在故事书里见过公主的，听说许多年前经常有龙把公主拐到自己的领地上，他也想要，在山洞里待久了，龙也会寂寞，想有人来聊天做伴。

神灯："没问题，请先充值一金币。"

"？"

龙："为什么还要充钱？"

神灯："因为我是主动上门的，不是你去找我的，得收服务费。"

龙："不充，滚！"

听到此处，我扶了扶眼镜："听起来，您十分清醒地阻止

了诈骗的开始。"

龙又开始"吧嗒吧嗒"地掉眼泪："本来我是很清醒的，但他说可以给我一段试用期，大家诚信交易，我就想着先看看嘛，反正不要钱。"

五分钟之后，门被敲响了。

龙紧张地去开门，门外站着一个身材高挑的金发美女："你好，我是公主A。"

"wow!"

龙一百多年都没有见过人类了，这位漂亮公主让他十分心动。

公主A："这十年来，我走遍山川湖海，一直想找一条龙。"

龙想，这个开场真是太浪漫了。

龙矜持道："哦哦，您找龙做什么呢？"

公主A："我之前在补《权力的游戏》，权游你知道吧？里面的龙超厉害的！"

时间暂停了。

神灯："试用期结束，请充值。"

龙纠结了两个小时："一个金币是吧……"

神灯："不，一百个金币。"

"？"

龙："不充，滚。"

时间暂停结束。

公主A："但就在刚刚！我补完了权游第八季，你知道它拍得有多烂吗！"

龙："……"

公主A："我现在觉得龙也不过如此，呵呵。"

龙："……"

公主A甩门而去。

我隐约预感到了什么："您就是在这里踩进陷阱的？"

龙："是的，本来我可以不必理会这番羞辱……但我真的忍不住，她给了我希望，又转身就走，就是因为我没有付那该死的金币。长达两个月，我都在反复回忆我们相遇的那一分钟，最终我还是跳进了骗子的圈套里。"

龙终于忍不住了，擦了擦神灯："充一百金币，我要公主。"

　　神灯："之前是在搞促销活动，现在一百金币召唤不出公主欸，我们最低等级的公主也要五百金币呢。"

　　龙："卑鄙！无耻！"

　　神灯："不过看在你是我第一个客人的分儿上，我给你打个折，三百金币充不充？"

　　龙："……充。"

　　五分钟之后，敲门声响起。

　　龙打开门，外面蹲着一只青蛙："呱！"

　　龙："？"

　　神灯："介绍一下，这是公主 B。"

　　龙："你是不是在欺负我没见过公主？我只听说过青蛙王子。"

　　神灯："你误会了，原本是只有青蛙王子的，但是有人抗议为什么变青蛙还要限制男女，这不公平，于是就有了青蛙公主。"

　　龙："所以我要怎么办呢？"

　　神灯："青蛙公主受到了女巫的诅咒，你得跟她接吻才能解除诅咒。"

　　龙："除了接吻呢？"

　　神灯："充值一千金币。"

　　龙："？"

　　我小心翼翼地问："您该不会充了吧？"

　　龙："本来我没想充，我捧着公主 B 做了一个星期的思想斗争，还是没能克服心理障碍。但当我决定充值的时候，公主 B 已经过了充值期限消失了，我真的好不甘心，仿佛错过了一个亿。"

两天后，龙再次擦出了神灯："有稍微靠谱一些，又不那么贵的公主吗？"

　　神灯："当然是有的啦，我给您推荐一款人鱼公主，优雅美丽，龙见龙爱，是今年的爆款公主，不要9999，只要8888，人鱼公主带回家！"

　　龙："8888！你怎么不去抢劫？"

　　神灯："亲亲，现在到处都在通货膨胀呢，早充早放心，这款公主我已经在龙族卖出了七百多位呢，别的龙可都没有像您这样犹豫。"

　　龙一咬牙："好吧，充就充。"

　　五分钟之后，一条漂亮的人鱼摔在了地板上："你……好……我是……公主C……"

　　龙："她怎么了？"

　　神灯："她不是水陆两栖生物，再有一分钟就要干死了。"

　　龙："？"

　　神灯："所以你还有五十八秒可以考虑，要不要充一万金币救她。"

　　龙："去死吧。"

　　神灯："不救就不救，怎么还咒她？"

　　龙："我是说你！"

　　龙是一条心地善良的龙，最终还是救了公主C，自己却疼得心都在滴血。

　　神灯变出一个小浴盆，把人鱼放了进去。

　　公主C："您真是个好心人，我爱上如此英俊的您了。"

　　龙："……是我花钱救你的。"

　　公主C转过头："啊不好意思，但爱情要讲究先来后到。"

　　龙："但我花钱了！一万金币！"

　　公主C："好吧，那你能跟我搬去海底住吗？"

　　龙："不太能。"

　　公主C："那太可惜了，我不接受异地恋的。"

　　龙朝神灯怒吼："她怎么这样！"

　　神灯："亲亲，我也没有办法的，我只负责召唤公主呢，看来您真的和公主有缘无分，我只能为您点播一首《男龙好难》，告辞！"

　　神灯跳出了山洞，而龙一转头，发现山洞里已经一个金币都不剩了。

采访结束了，我带着访谈草稿出去找主编汇合。临走之前，我忍不住告诉这条老实巴交的龙，一路飞过来的时候，每只龙的山洞看起来都金碧辉煌，龙龙都比他有钱，所以根本没有龙会来觊觎他的金币。

在龙的号啕大哭声里，我坐在主编背上飞回了人类大陆。

一天后，我把整理好的视频和采访稿交给主编审核："这次的标题我准备用《探访龙穴：龙是如何遭到诈骗的？》。"

主编直摇头："小矮啊，现在是流量世界，虽然有龙这个噱头在，但只提诈骗是不是显得有点弱？"

我虚心求教："您说该怎么写？"

主编："查一下神灯的来源。"

于是我打电话问了几个业内朋友，发现神灯的业务公司就在我们新闻社两条街之外。

主编："你有没有受到什么启发？"

我老实摇头："您明示一下？"

主编叹了口气："他们就在两条街之外啊，再放大一些范围，那就是在首都啊，你再扩大一点看，那就是在人类大陆啊！"

我震惊地看着他："您的意思该不会是？！"

主编缓缓点头。

一天之后，几个话题词条悄悄爬上热搜，并以迅雷不及掩耳之势引发轩然大波。

热搜榜	要闻榜	同城榜
实时热点，每分钟更新一次		
🔝 骗氪神灯偷渡龙族		热
1 骗氪神灯引发龙族暴怒		沸
2 龙族有意攻打人类大陆		升

短短两个小时，我们的采访新闻就有了百万级的播放量和几十万的转发量，比上半年的流量总和还要多十倍。除了当事龙那段视频，后面还附了几秒钟龙在月夜下怒吼的片段。

出镜的龙是主编，地点是新闻社的后山上，吼声是后期加上的配音，以防当场被警察逮到。

我有些惴惴不安："咱们这么胡编乱造，吃龙血馒头，那条龙知道了真相打上门来怎么办？"

主编刷着评论，漫不经心地安慰我："没事，你看评论反应挺不错的。"

我凑过去跟着看。

金不恋你：哇！骗氪神灯简直是时代眼泪了，我奶奶说她六十年前被骗过，没想到后来骗不到人，居然转行去骗龙了。

8 月 16 日 20:20　　　　　　　　　　　　回复 | 赞 87090

王子喜欢美人鱼吗：据业内朋友分析，那些公主都是特效，都是假的。只要没钱，就没人能骗我氪金。

8 月 16 日 20:20　　　　　　　　　　　　回复 | 赞 74540

骑扫把的不都来自霍格沃兹：我一直觉得龙都特别厉害，特别邪恶，但这条龙真的哭得好可爱，原来龙是这么老实的生物。

8 月 16 日 20:20　　　　　　　　　　　　回复 | 赞 72032

我家有矿：哈哈哈哈哈哈哈哈哈，他的微信步数几十年来都是 0，我们都以为他死了。

8 月 16 日 20:21　　　　　　　　　　　　回复 | 赞 69032

隔壁镇的小红帽：层主是龙？龙怎么能上人网？咱们不是有墙吗？

8 月 16 日 20:21　　　　　　　　　　　　回复 | 赞 68045

　　我的冷汗唰地下来了："主编！你看这有条认识他的龙，咱们的谎言要被拆穿了！"

　　主编一脸无所谓："不是都告诉你了吗，咱们上头有龙，不要紧张。"

　　他低头不知道给谁发了几条信息，过了会儿他示意我点开那条龙的主页，页面已经 404 了。我震惊。

　　主编笑眯眯道："举报封号了，多简单的事情。"

　　我："……"

　　我们又点进和战争相关的话题词条。

　　还好，没有龙要跳出来辟谣。

　　主编慢悠悠地喝着茶："等发现龙族迟迟没有动作的时候，热度就会慢慢降下来，没有人会觉得咱们新闻社在造谣，毕竟我们也说了只是猜测。"

　　我连忙拍拍马屁："高，实在是高，咱们下一步怎么办？"

　　"暂时先等龙来提供新闻，如果没有劲爆新闻，咱们就自己制造新闻。"

"怎么制造呢？"

主编笑而不语。

Search 🔍 **06**

这场新闻引发的舆论风波使得当事龙的事情解决得飞快，那家骗子公司当天就被一群心疼龙的好心人举报了，并且在法律界引发了新一轮争执——骗子欺骗的不是人，而是龙，他们是否应该受到惩罚？

两方各执一词，大打出手，又为《白银眼》引流几十万。

一个月之后，骗子公司被判赔偿悲惨当事龙十万金币，此案作为典型案例登上民法教科书。

那天我们再次接到了当事龙的电话，本以为他是来指责我们胡编乱造的，没想到他压根儿没提这事，扭捏了一会儿告诉我们："神灯说公司解散了，他没地方去，想来跟我做伴，现在我有十万金币和一盏神灯了，我们决定去环游世界。"

我为之震撼了一会儿："挺、挺好的。"

这件事也算是皆大欢喜地落幕了，不少同行眼红我们的热度，也开始策划租船去往龙族大陆，但不知道为什么，没有龙愿意接受他们的采访。

在一个普通的工作日，办公室接到了一个来自皇宫的电话，对方声称自己是皇后。再三确认这不是诈骗电话之后，我慌了："请问有什么能帮您的吗？"

对面的声音听起来不怎么冷静："有件事你们必须要负责。"

我快拿不住话筒了："您指的是……引、引战？"

皇后："不，是我儿子跟母龙网恋奔现的事情。"

"？"

Search 🔍 **07**

《白银眼》项目组当晚就此事开展紧急会议，根据皇后短短几句话透露出的信息来分析，她的儿子，也就是这个国家的王子忽然宣布要和一条母龙订婚，而那条母龙明天就要飞过来与国王一家商讨这件事。

虽然不知道皇后为什么会怪罪到我们身上，但是我们白占了一个大便宜，因为没有一个皇家记者曾经与龙交谈过，所以我们前去帮皇后解决麻烦的时候会拿到独家报道权。

第二天傍晚，我跟摄像两个人赶到时代广场的露天咖啡厅，周围的人群已经被骑士们疏散了，被允许进去的媒体只有我们一家。皇后坐在正中央，穿着十分隆重，头顶的皇冠看起来得有 4kg，也不知道她累不累；国王坐在她旁边，一直在低头玩手机，没什么存在感。

出乎意料的是王子并不在场，看来今天是婆媳对峙局。

皇后看了一眼怀表，又冷冷地看了一眼我们："那条母龙还有十五分钟才到，先谈谈你们的问题。"

皇后："你们几个月前就听到传闻了吧，我儿子要跟邻国的公主订婚。"

"是的，我们报道过。"

皇后："就因为你们忽然跑去采访龙，我儿子觉得龙真是老实又温顺的种族，他在评论区里认识了一条翻墙来吃瓜的母龙，聊得火热，短短一个半月竟然就敢告诉我，他要娶她！"

我冤啊。

皇后："我告诉你，如果我儿子最后还是没有打消这个念头，你们新闻社就等着关停吧。"

我真的冤啊！

Search 🔍 **08**

罪魁祸首姗姗来迟，那是一条拥有漂亮胸肌和白色皮肤的母龙，不知她是有意还是无意，降落的气流掀掉了皇后的王冠。

皇后勉强保持住了气度，但想靠气场震慑住儿媳的打算差不多失败了，不过她还在试图挽回一点皇室的尊严。

她努力地仰着脖子道："听说，你想跟我儿子私奔？"

母龙掏了掏耳朵："私奔这个词听起来不是很礼貌，所以我是来征求你的同意的。"

"……"

皇后："自古只有公主跟龙跑了的事情，哪里有王子跟母龙跑了的事情？！"

母龙："你重男轻女？这可不好。"

皇后："反正我们皇室容不下一条母龙！"

母龙心平气和道："俗话说得好，容不容得下，是人的气度；能不能让人容下，是龙的本事。"

皇后深吸了一口气，从包里掏出一张支票，拍在桌子上："五百万金币，离开我儿子。"

母龙沉默了许久，表情看起来有些困惑。

半晌，她缓缓道："五百万？"

皇后冷笑："怎么？还不够？一千万，离开我儿子，我儿子只能跟公主在一起。"

母龙："必须是公主？"

皇后："必须！"

"你早说嘛。"母龙不知道从哪儿摸出一顶王冠扣在头顶上，"谁还不是个公主啊！"

皇后："？"

母龙对服务员招招爪子："给阿姨倒一杯卡布奇诺。"

"……"

Search 🔍 09

过了好半天皇后才缓过神来："你真是龙族的公主？"

母龙："如假包换。"

皇后捏着支票，发出了"啊这——"的声音。

母龙十分好心地替她解围，也摸出一张支票拍在桌子上："虽然不知道你怎么想的，竟然要跟龙比有钱，但是，十个亿，你儿子归我。"

一直在玩手机的国王忽然从勇者峡谷里抬起头，眼神灼灼："您看我还有机会吗？"

皇后："？"

母龙对服务员招招爪子："给叔叔也倒一杯卡布奇诺。"

Search 🔍 10

剧情发展急转直下。

皇后躲在洗手间偷偷给我发消息："我就这么同意了会不会很没有面子？"

我诚恳表示："不会，她给的实在是太多了。"

皇后："……"

我"而且以后你们旅游都不用买机票了，骑龙，多么划算。"

皇后："虽然……但是，你说的对。"

我："所以我们新闻社？"

皇后："问题不大。"

我："[玫瑰][握手][大拇指]"

Search 🔍 11

在直播现场，皇后掏出了祖传钻戒，亲手做成项链戴在了母龙的脖子上。

面对镜头，她热泪盈眶："我知道大家之前可能以为我会拒绝这桩婚事，但我不会，我既不是种族主义者，也不是阶级主义者，为了双方的和平，我将祝福他们百年好合。"

周围掌声雷动。

我看了一眼实时弹幕。

混血河神：完了，押错了，赔了两万块。

点我领占卜大优惠：不会真有人信她的鬼话吧？不会吧不会吧？

梦醒时分：我在现场，我看到她包里的十个亿了，我也想要。

天桥卖唱：授人以鱼不如授人以渔，明人不说暗话，有没有哪条龙看得上我，一手交钱一手交人。

依我看，皇室是时候该学着买点水军了。

　　这次直播让我们在龙网和人网都爆火了一把，接下来的一个月办公室的电话响声就没有停过，全部都是提供给我们的新闻线索。

　　这天，我忽然接到了一个神秘电话，那人不肯在电话里细说，只说有个大料，一定要求我们私下会面，还不许带电子设备。

　　与主编商量之后，我带了一瓶防狼喷雾还有两个公司保安去到我们约定的地点，那里位处一个偏僻的郊外，到处都是烂尾楼。

　　那人就住在其中一栋楼里，他戴着墨镜和鸭舌帽，隔着老远冲我们摆手。在短暂的问候之后，我们切入正题。

　　他自称是一个落魄男巫："你们应该也知道，巫师这个行业越来越没落了……制魔药有魔药机器，要占卜可以自己买套塔罗牌，谁还愿意花钱来请巫师呢？我的前同事们大多都转行卖保险去了，而我几年前还在继续坚持着，通过不断降价来挽留客户，攒了十几年的钱，终于可以买一间房子了……你们也看到了，就是这栋烂尾楼，结果开发商跑了，钱也不给退，我能怎么办呢，只能住在这里，一无所有。"

　　我问道："那您要爆的料是房地产开发商跑路了？"

　　男巫摇头："不是的，这件事说来话长，我从去年开始就靠着低保过日子，但还是快过不下去了，而且我都三十多岁了，女朋友也没交过一个，更别提成家立业，本来我都对这件事绝望了，但那天我看到了你们的直播。"

　　"您说的是哪一个？"

　　"王子跟龙的订婚现场。"

　　"哦……您继续说。"

　　男巫："在知道那条龙送给皇室十个亿之后，我仿佛一下子找到了目标：我想找一条龙谈恋爱。"

　　我说："会这么想倒也不奇怪。"

　　男巫："要在互联网里大海捞龙其实不是一件容易事，但因为王子和龙订婚之后，人类和龙族社会互相放开了限制，所以我想办法注册了龙网，在那里我认识了一条可爱的粉色小母龙，她叫桃桃，经常在主页分享自己的生活，我投其所好，去补她看过的番，去追她喜欢的剧，没过半个月我们就在一起了。"

我点点头："听起来是个美好的爱情故事。"

男巫："前提是我假装成了一条龙。"

我："？"

男巫："谁让她说自己不喜欢人呢！"

Search 🔍 **13**

我还真没有想过怎么会有人装成一条龙去和龙谈恋爱，不过当我反应过来他是想去骗财之后也就不那么奇怪了，说白了这人该上的是法制频道，而不是我们《白银眼》。

我正准备谴责他这种行为，男巫忽然红了眼眶："一开始我只是鬼迷心窍，想找一条有钱的龙谈恋爱，但跟桃桃在一起时间长了之后，我发现她真是个好女孩，她的母亲得了重病，家里的金币全部都被拿去治病了，她经常飞到很远的地方寻找宝藏，过得十分辛苦……"

"呃，那个……"

男巫完全不给我插话的机会："我爱她爱得越来越深，也越来越痛苦，到现在已经完全忘记了自己的初衷，只想带给她美好的生活，而你们也知道我现在是什么情况，我们根本不可能在一起，所以我想让你们帮帮我。"

我感到云里雾里："这，我们能怎么办，帮你们众筹捐款？"

男巫摇头："我是想让你们帮我分手，再继续下去是对她的一种伤害。"

我持续迷惑："您说明白一些？"

男巫："我在线上找理由跟她提过分手，她说分手可以，但她想见我一面。可我不想自己的谎言被拆穿，如果一定要见面，我希望还是以龙的身份。在几个月之前，我半夜买醉，路过你们新闻社，当时我以为眼花了，竟然看到一条龙。后来我去询问从你们楼里出来的施工队，确认了我没有看错。你们现在是我唯一的救星了，我知道你们那里藏了一条龙，能不能让他帮我去分个手？"

"……"

我现在只想骂那个拿了封口费还泄露秘密的施工队。

男巫还在殷切地看着我。我尴笑道："这个事情，这个事情吧……有点不太好说。"

他的眼泪掉下来了："我知道我这样做不对，骗你们来帮我的忙，但我真的走投无路了，我不想让她知道我是个骗子，如果你们不答应，我也活不下去了！"

"？"

我说："大兄弟，你这是在威胁我们？"

男巫看着我不吭声。

我拿他没办法，只好打电话问主编，合计了半天，最后还是决定走这一趟。

我问他："你们约的什么时候？"

男巫："一个小时之后。"

Search   🔍 **14**

被迫赶鸭子上架的主编载着我和男巫往约定的海滩飞去，那是一个三不管地带，也不知道他们怎么会约在这儿。

路上男巫问我们："你们是在偷偷养龙吗？"

我说："这么说好像也没错……不过这是我们社的主编，你可不能说出去。"

男巫连连点头。

我又问他："你和她都没有开过视频吗？"

男巫："开过的，但那是用魔法 P 了一下镜头嘛。"

"……所以你为什么不能把自己 P 成龙去见她。"

男巫摊手："我要是有这么厉害，怎么还会混成这个鬼样子。"

"说得也是。"

到了地点之后，我和男巫躲在一块大岩石后面，留主编戴着面具站在外面等龙。十五分钟过去了，一条龙的影子都没有见到。

我探头一看，对面走来一个穿粉色裙子的小女巫，对着主编一鞠躬："对不起，我不是龙，我是人，反正你坚决要分手，我再撒谎也没有意义了。"

主编："？"

男巫："？"

我："？"

主编晃了一下脑袋："不是，你为什么要撒谎？"

女巫："说来话长，你可能不太了解我们巫师这一行，现在市场越来越不景气……"

主编："OK，我了解了，所以你也是来骗钱的对吗？"

女巫："好歹我们相爱一场，能不能不要说得这么难听，难道我不能是想靠离婚分到合法财产吗？不过你为什么要说谎？"

"……"

<table><tr><td>Search 🔍</td><td>15</td></tr></table>

我和主编抛下两个面面相觑的巫师，掉头回新闻社去了，这就离谱了。

我推开办公室的门正准备和同事们吐槽一番，没想到里面站了几个穿监察委制服的人，向我递上一张罚单："根据群众举报，你社存在不正当竞争行为，违反了《媒体业公平竞争法》，请停业整顿三个月，罚款三十万金币。"

我震惊："我们什么时候不正当竞争了？"

监察委："你们聘请了一位龙主编，在搞龙新闻垄断，扰乱媒体市场。"

"有证据吗？"

监察委放出一段音频。

"你们是在偷偷养龙吗？"

"这么说好像也没错……不过这是我们社的主编，你可不能说出去。"

监察委："而且我们蹲守在那里，拍到了你们的照片。"

我无话可说。

监察委走后，我给男巫打电话："你为什么要害我们？"

男巫："对不起，一开始说要分手也是骗你的，只是因为几家媒体联合找我，说给我十万金币，让我做这个卧底，我想拿了钱去送给桃桃。这事她是不知情的，而且我确实不知道她是人。"

挂了电话，我愤愤地对主编讲："他们不过是在眼红我们，因为他们聘不到龙，所以要搞垮我们。"

主编："你们人类事情真多。"

我说："那我们现在要怎么办？"

主编："这倒是不难办，如果你们愿意，总部可以搬去龙大陆，以后咱们就是外资企业了，可以当场挂牌。"

新的问题出现了，我问："那你们龙不会举报我们垄断吧？"

主编："不会，我本来就一手遮天，谁会说我垄断。"

我沉默了一会儿："主编，您是喝了多少酒？"

主编白了我一眼，然后不知道从哪儿掏出一顶王冠戴在头顶上："谁还不是个国王咋的？"

我："？！"

主编："早说了上头有龙，你怎么还没信呢？"

我："因为你没说是你自己啊！"

全社搬去龙大陆的那天，我坐在主编背上恍恍惚惚："您……真是国王啊？"

"没必要骗你。"

我："所以您到底为什么会来当主编？！"

主编："最开始的理由是假的，你们老板是个黑客，当时黑到龙网里注册了账号跟我一起玩赌场游戏，我输给他了，得满足他一个要求，就是这样。"

"……"

我消化了好一会儿，忽然想起一件事："所以那天和王子订婚的龙是您女儿？！"

　　主编："对啊，我早在半个月前就知道她在网恋，所以煽风点火了一把，让她去搞点事情，咱们不就有料了吗？"

　　我敬佩地看着他："没想到您竟然愿意为了业绩牺牲女儿的幸福。"

　　主编打了个喷嚏："哎呀，龙的寿命可长着呢，过不了多久她就要二婚三婚四婚……怕什么呢！"

Ｇ　END

图书在版编目（CIP）数据

主角游戏／次元君主编. 一武汉：长江出版社，2020.9

ISBN 978-7-5492-7237-2

Ⅰ．①主… Ⅱ．①次… Ⅲ．①故事-作品集-中国-
当代 Ⅳ．①I247.81

中国版本图书馆CIP数据核字（2020）第188185号

本书由天津漫娱图书有限公司正式授权长江出版社，在中
国大陆地区独家出版中文简体版本。未经书面同意，不得
以任何形式转载和使用。

主角游戏 ／ 次元君主编

出　　版	长江出版社				
	（武汉市解放大道1863号　邮政编码：430010）				
选题策划	漫娱　胡丽云				
市场发行	长江出版社发行部				
网　　址	http://www.cjpress.com.cn				
责任编辑	江　南				
特约编辑	陈雪琰				
总 编 辑	熊　嵩				
执行总编	罗晓琴	开　　本	720mm×1020mm　1／16		
装帧设计	赵一麟　黄　容	印　　张	14		
印　　刷	恒美印务（广州）有限公司	字　　数	290千字		
版　　次	2020年9月第1版	书　　号	ISBN 978-7-5492-7237-2		
印　　次	2020年10月第1次印刷	定　　价	30.00元		

电话：027-82926557(总编室)　027-82926806（市场营销部）